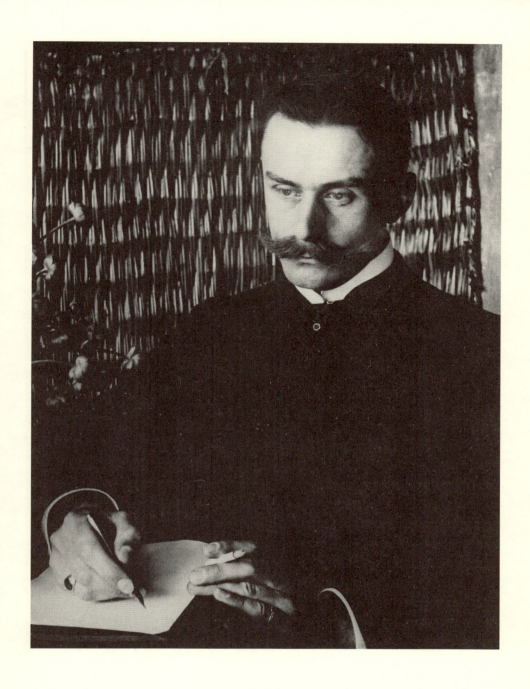

Mário e o mágico

COLEÇÃO THOMAS MANN
Coordenação
Marcus Vinicius Mazzari

A morte em Veneza e Tonio Kröger
Doutor Fausto
Os Buddenbrook
A montanha mágica
As cabeças trocadas
Confissões do impostor Felix Krull
O eleito
Contos
Sua alteza real
Mário e o mágico

Thomas Mann
Mário e o mágico
Uma experiência trágica de viagem

Tradução
José Marcos Macedo

Posfácio
Marcus Vinicius Mazzari

Prêmio Nobel
Companhia Das Letras

Copyright © 1930 by S. Fischer Verlag GmbH, Berlim

Grafia atualizada segundo o Acordo Ortográfico
da Língua Portuguesa de 1990, que entrou em vigor
no Brasil em 2009.

Título original
Mario und der Zauberer: Ein tragisches Reiseerlebnis
O texto desta edição foi traduzido a partir da edição especial *Mario und der Zauberer:*
Ein tragisches Reiseerlebnis, publicada pela S. Fischer Verlag em 1956

Capa e projeto gráfico
RAUL LOUREIRO
Imagens de capa
RETROCLIPART/ SHUTTERSTOCK
SAVE NATURE AND WILDLIFE/ SHUTTERSTOCK
Foto do autor
HERITAGE/ EASYPIX BRASIL
Preparação
SIBELE PAULINO
Revisão
LUÍS EDUARDO GONÇALVES
ANA MARIA BARBOSA

Dados Internacionais de Catalogação na Publicação (CIP)
(Câmara Brasileira do Livro, SP, Brasil)

Mann, Thomas, 1875-1955.
    Mário e o mágico : Uma experiência trágica de
viagem / Thomas Mann ; tradução José Marcos Macedo.
— 1ª ed. — São Paulo : Companhia das Letras, 2023.

    Título original: Mario und der Zauberer :
Ein tragisches Reiseerlebnis.
    ISBN 978-65-5921-399-3

    I. Ficção alemã I. Título.

22-134652   CDD-833

Índice para catálogo sistemático:
I. Ficção : Literatura alemã 833
Eliete Marques da Silva – Bibliotecária – CRB-8/9380

Todos os direitos desta edição reservados à
EDITORA SCHWARCZ S.A.
Rua Bandeira Paulista, 702, cj. 32
04532-002 — São Paulo — SP
Telefone: (11) 3707-3500
www.companhiadasletras.com.br
www.blogdacompanhia.com.br
facebook.com/companhiadasletras
instagram.com/companhiadasletras
twitter.com/cialetras

SUMÁRIO

Mário e o mágico   9

Posfácio —
A hipnose do fascismo
Marcus Vinicius Mazzari   63

Cronologia   103

Sugestões de leitura   107

A lembrança de Torre di Venere evoca uma atmosfera desagradável. Raiva, irritabilidade, tensão exacerbada pairavam no ar desde o início e, por fim, veio o choque com aquele terrível Cipolla, em cuja pessoa a peculiar maldade daquele ambiente parecia corporificar-se do modo mais fatídico, ou mesmo prodigioso do ponto de vista humano, e concentrar-se de maneira ameaçadora. As próprias crianças terem estado presentes ao final de terror (um final, assim nos pareceu mais tarde, predeterminado e conforme a essência das coisas) foi uma incongruência triste e fruto de um equívoco, por culpa das imposturas daquele estranho homem. Graças a Deus elas não entenderam em que ponto terminava o espetáculo e começava a catástrofe, e as deixamos na feliz ilusão de que tudo não passara de teatro.

Torre fica a cerca de quinze quilômetros de Portoclemente, uma das cidades de veraneio prediletas à margem do mar Tirreno, elegante em termos urbanos e lotada durante meses a fio, com uma colorida avenida à beira-mar repleta de hotéis e lojas, uma praia ampla povoada de cabanas, castelos enfeitados com bandeirolas, gente bronzeada e uma estrondosa indústria da diversão. Margeada de pinhos, sobre os quais recai o olhar das montanhas a pouca distância, a praia mantém ao longo de toda a costa a sua cômoda amplidão de areia fina, portanto não admira que não muito adiante tenha-se aberto já há tempos uma concorrente mais sossegada: Torre di Venere (onde, aliás, é inútil olhar à volta em busca da torre que lhe empresta o nome) é, como destino turístico, uma ramificação do grande balneário vizinho e foi durante alguns anos um idílio para poucos, refúgio para amantes de um elemento não secularizado. Mas como costuma acontecer com lugares assim, a paz foi há muito obrigada a deslocar-se um trecho mais adiante, ao longo da costa, rumo à Marina Petriera e sabe Deus para onde; o mundo, como se sabe, busca-a e expulsa-a, precipitando-se sobre ela com ridícula sofreguidão, presumindo poder desposá-la, poder lá estar onde ela esteja; pois é: quando no lugar dela o mundo tiver armado a sua feira, é capaz de acreditar que ela ainda está ali. Foi assim que Torre, ainda que mais introspectiva e modesta que Portoclemente, caiu fortemente no gosto de italianos e estrangeiros. Não se vai mais ao balneário de fama mundial, embora não em tal medida que ele, a despeito disso, não permaneça um balneário de fama mundial barulhento e lotado; vai-se logo ao lado, para Torre, é até mais fino, além disso é mais barato, e a força de atração dessas qualidades segue se mantendo mesmo quando as qualidades não estão mais presentes. Torre ganhou um Grand Hôtel; surgiram inúmeras pensões, luxuosas e mais simples, os proprietários e inquilinos de casas de veraneio e os pinhais acima do mar não encontram mais paz na praia; em julho, agosto, o quadro não é em nada diverso daquele de Portoclemente: fervilham berros, brigas, gritos de júbilo de banhistas, cuja pele da nuca se descasca por causa de um sol esturricante; oscilam, no azul relampejante, barcos planos, de cores estridentes — com garotos a bordo cujos nomes sonoros, bradados por mães que os seguem com a vista, preenchem os ares em rouca apreensão —; e, pisando sobre os membros de quem se encontra deitado, os vendedores de ostras, bebidas, flores, enfeites de coral e *cornetti al burro* oferecem as suas mercadorias, também eles com a voz cava e aberta do sul.

Tal era o aspecto da praia de Torre quando chegamos — formoso o bastante, mas descobrimos ter chegado cedo demais.

Eram meados de agosto, a estação italiana ainda estava em pleno vigor; para estrangeiros, não é o momento adequado para aprender a estimar os atrativos do lugar. Que multidão, às tardes, nos cafés-jardins do passeio da orla, por exemplo no Esquisito, onde vez por outra nos sentávamos e onde Mário nos servia, o mesmo Mário de quem falarei em breve! Mal se encontra uma mesa, e as bandas de música, sem que uma queira saber da outra, interrompem-se em confusão recíproca. É precisamente às tardes, aliás, que há um afluxo diário de Portoclemente; Torre, como é natural, representa um destino favorito para excursões de hóspedes irrequietos daquele local de recreio, e, graças aos Fiat que passam zunindo de lá para cá, os arbustos de louro e loendro à margem da estrada de ligação acham-se cobertos por um dedo de pó branco como a neve — um espetáculo notável, mas repulsivo.

O fato é que se deve visitar Torre di Venere em setembro, quando o balneário se esvazia do grande público, ou em maio, antes que a temperatura do mar tenha se elevado a ponto de persuadir o meridional a dar o seu mergulho. Tampouco no período que precede ou sucede a estação o lugar fica deserto, mas tudo se dá de forma mais atenuada e menos nacional. Os idiomas inglês, alemão, francês reinam debaixo das tendas das cabanas e nos refeitórios das pensões, enquanto, mesmo em agosto, o estrangeiro encontra ao menos o Grand Hôtel (onde havíamos reservado quartos à falta de endereços pessoais) nas mãos da sociedade florentina e romana, porém em tal medida que pode se sentir isolado e, em certos momentos, como um hóspede de segunda categoria.

Tivemos tal experiência, com certo dissabor, na noite de nossa chegada, quando aparecemos para o jantar no refeitório e fomos guiados até uma mesa pelo garçom responsável. Não havia nenhuma objeção a fazer a essa mesa, mas nos cativou a vista da varanda de vidro contígua, que dava para o mar e estava tão ocupada quanto o interior do refeitório, porém não lotada, e sobre cujas mesinhas cintilavam lamparinas de abajur vermelho. Os pequenos se mostraram encantados com essa magnificência, e manifestamos de forma singela a decisão de que preferíamos fazer a nossa refeição na varanda — uma declaração de ignorância, como restou claro, pois nos fizeram entender com uma cortesia algo constrangida que aquele aconchegante ambiente era destinado "aos nossos clientes", *"ai nostri clienti"*. Nossos clientes? Mas isso éramos nós. Não estávamos ali de passagem ou só por uma noite, éramos parte da casa pelo período de três ou quatro semanas, pensionistas. Abrimos mão, de resto, do esclarecimento da diferença entre gente como nós e aquela clientela, a quem se servia o jantar à luz de lamparinas vermelhas, e fizemos o *pranzo* no refeitório, em nossa mesa de iluminação comum e prosaica — uma refeição bem medíocre, própria do esquema hoteleiro insípido e de pouco gosto; achamos depois muito melhor a cozinha da Pensione Eleonora, dez passos mais distante da praia.

Foi justamente para lá que nos transferimos, três ou quatro dias mais tarde, antes mesmo de ganhar familiaridade com o Grand Hôtel — e não por causa da varanda e de suas lamparinas: as crianças, que de imediato haviam travado amizade com garçons e camareiros, se empolgado com o prazer do mar, logo tiraram da cabeça toda essa tentação colorida. Mas foi com certos clientes da varanda, ou mais exatamente apenas com a direção do hotel, subserviente a eles, que surgiu de imediato um daqueles conflitos capazes de imprimir desde o início de uma temporada o selo do desconforto. Entre eles estava a alta nobreza romana, um tal príncipe x e família, e como os quartos desses senhores ficavam na vizinhança dos nossos, a princesa, grande dama e mãe apaixonada a uma só vez, fora tomada de pavor pelos resquícios de uma tosse convulsa que os nossos pequenos haviam superado, juntos, pouco antes e da qual ecos frágeis vez ou outra ainda interrompiam o sono do menor, de resto imperturbável. A essência dessa doença é pouco clara, há nisso terreno fértil para a superstição, e, assim, jamais levamos a mal a nossa elegante vizinha por apegar-se à crença difundida de que a tosse convulsa é acusticamente contagiosa e por temer, simplesmente, o mau exemplo que isso daria a seus pequenos. Com plena consciência feminina de sua reputação, ela queixou-se junto à direção, e essa, na pessoa do afamado gerente de fraque, apressou-se a nos dar a entender, com muito pesar, que, em tais circunstâncias, a nossa transferência ao edifício anexo do hotel era uma necessidade incontornável. Asseguramos que a doença infantil se encontrava em seu estágio derradeiro, que podia ser dada como superada e que não representava mais perigo algum para o entorno. Tudo o que nos concedeu foi o caso ser levado diante do foro médico e que o clínico da casa — apenas ele, e não um que escolhêssemos — desse o veredicto. Acedemos a tal acordo, convencidos de que assim a princesa logo se tranquilizaria e de que evitaríamos o incômodo de uma mudança. O doutor chega e se mostra um servo íntegro e leal da ciência. Examina o pequeno, declara que o mal havia passado e refuta toda a apreensão. Já nos cremos autorizados a dar o incidente por encerrado: então, o gerente diz para liberarmos os quartos e nos instalarmos nas dependências do prédio contíguo e também permanece irredutível, mesmo após as afirmações do médico.

Esse bizantinismo nos indignou. É improvável que a obstinação com que esbarrávamos, fundada na quebra de palavra, fosse a da princesa. O hoteleiro servil talvez nem mesmo se atrevera a lhe relatar o juízo do doutor. Seja como for, comunicamos-lhe que preferíamos deixar prontamente o hotel — e fizemos as malas. Podíamos fazê-lo livres de preocupação, pois, nesse meio-tempo, havíamos de passagem travado contato com a Pensione Eleonora, cujo aspecto de uma amistosa privacidade logo nos saltara aos olhos, e conhecido a sua proprietária, uma pessoa muito simpática, a *signora* Angiolieri. A sra. Angiolieri, uma dama graciosa, de olhos negros, do tipo toscano, no início dos seus trinta anos, com a tez pálida de marfim própria dos meridionais, e o seu marido, um homem de traje apurado, quieto e calvo, possuíam em Florença uma estalagem maior e somente no verão e início do outono dirigiam a filial em Torre di Venere. Entretanto, no passado, antes do casamento, a nossa anfitriã fora dama de companhia, aia, companheira de viagem, amiga mesmo da Duse, uma época que ela considerava evidentemente como a maior e mais feliz de sua vida, e da qual começou a falar com vivacidade logo em nossa primeira visita. Inúmeras fotografias da grande atriz, acompanhadas de afetuosas dedicatórias, além de outras recordações da vida em comum de outrora, enfeitavam as mesinhas e étagères da sala de estar da sra. Angiolieri, e, embora fosse óbvio que o culto de seu passado interessante tivesse por objetivo elevar um pouco a própria atração de sua empresa atual, ao sermos conduzidos pela casa, escutávamos com prazer e simpatia as suas histórias, enunciadas num toscano sonoro e escandido, sobre a bondade indulgente, o gênio cordial e a profunda ternura de sua finada patroa.

Para lá, pois, fizemos levar as nossas coisas, para desgosto do pessoal do Grand Hôtel, muito carinhoso com crianças, segundo o bom costume italiano; o apartamento a nós designado era isolado e cômodo; a comunicação com o mar, conveniente, feita por uma alameda de jovens plátanos que ia dar no passeio da orla; o refeitório, onde madame Angiolieri servia pessoalmente a sopa na hora do almoço, fresco e asseado; o serviço, atencioso e solícito; a comida, excelente; topamos até com conhecidos de Viena, com quem proseávamos depois da refeição em frente à casa e que nos puseram em contato com outros conhecidos, e, assim, tudo poderia caminhar bem — estávamos plenamente satisfeitos com a nossa troca, e de fato nada faltava para uma temporada gratificante.

Porém não chegávamos a estar de fato à vontade. Talvez nos atormentasse, apesar de tudo, o motivo tolo que nos levou a mudar de alojamento — eu, pessoalmente, confesso que me custa superar tais embates com a natureza humana trivial, com o abuso ingênuo do poder, com a injustiça, com a corrupção obsequiosa. Eles me ocuparam por tempo demais, lançaram-me num estado contemplativo marcado pela irritação, cuja esterilidade se deve à enorme espontaneidade e naturalidade desses fenômenos. Contudo, não nos sentíamos sequer em conflito com o Grand Hôtel. As crianças mantinham ali as suas amizades como antes, o criado lhes consertava os brinquedos e de tanto em tanto bebíamos o nosso chá no jardim do estabelecimento, não sem avistar a princesa, que, com os lábios acesos por um vermelho coral, fazia a sua aparição com passos de graciosa firmeza, olhando à volta em busca de seus queridos, confiados a uma governanta inglesa, sem com isso suspeitar de nossa proximidade alarmante, porque proibimos terminantemente os nossos pequenos, tão logo ela surgisse, de nem ao menos limparem a garganta.

O calor era imenso, é necessário que o diga? Um calor africano, o reinado de terror do sol, mal nos apartávamos da franja de frescor azul anil; era de uma inclemência tal que os poucos passos da praia até a mesa do almoço, mesmo se apenas de pijama, constituíam uma empreitada de antemão digna de tirar o fôlego. Será que gostas disso? Gostas disso semanas a fio? É o sul, muito bem, o tempo clássico, o clima da cultura humana em flor, o sol de Homero e assim por diante. Mas depois de algum tempo, não posso evitar, sou facilmente levado a achar a coisa toda estúpida. O vazio resplandecente do céu, dia após dia, logo se torna um fardo para mim, as cores gritantes, a colossal ingenuidade e intrepidez da luz despertam, admito, sentimentos festivos, garantem despreocupação e segura independência de humores e contragolpes do tempo; no entanto, sem nos darmos conta de início, ele mantém as necessidades mais profundas, menos simples, da alma nórdica sem as satisfazer e, cedo ou tarde, nos instila como que um desprezo. Tens razão, sem a historieta tola da tosse convulsa, a minha sensação decerto não seria a mesma; eu estava irritado, queria talvez ter essa sensação e, meio inconsciente, tomei isso como pretexto não digo para despertá-la, mas pelo menos legitimá-la e reforçá-la. Porém leva em conta aqui a nossa má vontade; quanto ao mar, à manhã transcorrida sobre a areia fina, diante de seu eterno esplendor, nada disso cabia ser posto em questão, e, no entanto, contra toda a evidência empírica, o fato era que nem no mar nos sentíamos bem, ou felizes.

Muito cedo, cedo demais; a praia, como disse, ainda estava nas mãos da classe média local — um tipo de gente obviamente aprazível, também nisso tens razão, via-se entre a juventude muita formosura e graça sadia, mas rodeada também, de forma inevitável, por mediocridade humana e escória burguesa, que, peço que admitas, moldada nessas paragens, não é mais atraente do que sob os nossos céus. Que *vozes* têm aquelas mulheres! Por vezes custa a crer que estamos no berço ocidental do bel canto.

— Fuggièro! — Até hoje o grito ecoa em meus ouvidos, afinal durante vinte manhãs escutei-o ressoar centenas de vezes ao meu lado, em rouco desnudamento, acentuado de forma hedionda, com um *è* penetrante, emitido com uma espécie de desespero que se tornou mecânico.

— Fuggièro! *Rispondi al mèno!* — Sendo que o *sp* era pronunciado, segundo o uso popular, à maneira alemã, como *chp* — um aborrecimento por si só, quando de um modo ou de outro predomina o mau humor. O berro era endereçado a um menino execrável, com queimaduras de sol repugnantes entre os ombros, o qual me impressionou pela extrema desobediência, mau comportamento e maldade, e que além disso era um grande covarde, capaz de pôr em alvoroço a praia inteira com o seu choramingo revoltante. É que um dia, na água, um caranguejo lhe beliscou o dedo do pé, e o berreiro de dor, próprio de um herói ancestral, que ele ergueu por causa desse ínfimo desconforto penetrava até a medula e deu a impressão de se tratar de um acidente terrível. Era evidente que se imaginava ferido da maneira mais venenosa. Tendo se arrastado até a areia, contorcia-se num martírio aparentemente insuportável, bramia *Ohi!* e *Oimè!* e repelia, debatendo-se com braços e pernas, os esconjuros trágicos de sua mãe e os conselhos de quem se mantinha à parte. A cena fez surgir gente de todo lado. Mandaram buscar um médico, era o mesmo que com tanta sobriedade dera o seu juízo sobre a nossa tosse convulsa, e de novo ele deu provas de sua retidão científica. Com palavras de consolo bonachão, explicou que o caso não era absolutamente nada preocupante e apenas aconselhou o paciente a retornar à água, para refrescar o pequeno beliscão. Em vez disso, Fuggièro, qual uma vítima de queda ou afogamento, foi levado da praia, com grande séquito, carregado numa maca improvisada — para já na manhã seguinte, como quem não faz de propósito, destruir os castelos de areia das outras crianças. Em uma palavra, um horror.

Esse garoto de doze anos de idade era uma das vigas mestras de uma atmosfera pública que, pairando no ar, mas a custo tangível, insistia em arruinar uma temporada tão amena a nós com a marca da suspeita. De algum modo, o ambiente carecia de inocência, de desembaraço; esse público "estava cheio de si" — a princípio não se sabia ao certo em que sentido, com que espírito ostentava dignidade, manifestava seriedade e circunspecção entre si e perante os estrangeiros, um amor-próprio em eterna vigília —, mas por quê? Logo compreendemos que se tratava de política, estava em jogo a ideia de nação. De fato, a praia fervilhava de crianças patrióticas — um fenômeno artificial e degradante. As crianças constituem uma espécie humana, uma sociedade em si mesma, uma nação própria, por assim dizer; ainda que o seu vocabulário exíguo pertença a línguas diversas, elas se reúnem no mundo de maneira fácil e necessária, com base numa forma comum de vida. Os nossos também logo passaram a brincar com os nativos, bem como com aqueles de outras origens. Mas era evidente que sofriam misteriosas desilusões. Havia suscetibilidades, manifestações de um orgulho que parecia melindroso e doutrinal demais para merecer tal nome, uma rixa por bandeira, questões polêmicas sobre reputação e primazia; os adultos intervinham menos para apaziguar do que para decidir e salvaguardar princípios, soltavam-se máximas sobre a grandeza e dignidade da Itália, máximas mal-humoradas, estraga-prazeres; víamos os nossos dois darem meia-volta pasmos e atônitos, e tivemos trabalho para de algum modo lhes tornar compreensível o estado das coisas: essas pessoas, explicamos--lhes, estavam passando por algo, por uma situação, algo como uma enfermidade, se assim o quisessem entender, não muito agradável, mas sem dúvida necessária.

Foi culpa nossa, algo a ser atribuído à nossa negligência, que se chegou a um conflito — mais outro conflito — com uma situação por nós bem conhecida e apreciada; pareceu claro que as circunstâncias precedentes não eram de todo fruto do mero acaso. Numa palavra, ofendemos a moral pública. Nossa filhota, de oito anos, mas, a julgar pelo desenvolvimento do corpo, um bom ano mais jovem e magra feito um varapau, que depois de um longo mergulho, como assim permitia o calor, havia retomado a sua brincadeira na areia em roupa de banho úmida, obteve permissão de enxaguar outra vez, no mar, o traje que ia ficando hirto com a areia grudada, para então tornar a vesti-lo e evitar sujá-lo novamente. Corre ela nua para a água, a poucos metros de distância, enxagua a peça e retorna. Será que teríamos sido capazes de prever a onda de escárnio, de escândalo, de protesto que o comportamento dela, e, portanto, o nosso comportamento, suscitou? Não se trata de te dar uma palestra, porém no mundo inteiro a relação com o corpo e a sua nudez mudou radicalmente nas últimas décadas, passando também a determinar o sentimento. Há coisas para as quais "não se liga mais" e, entre elas, estava a liberdade que havíamos concedido àquele corpo infantil em nada provocante. Ele foi, todavia, sentido ali como uma provocação. As crianças patrióticas urraram. Fuggièro assobiou com os dedos. A conversa agitada dos adultos à nossa volta ergueu de tom e não prenunciava coisa boa. Um senhor de casaca, o chapéu-coco na nuca (acessório pouco apropriado à praia), assegura a suas senhoras indignadas que estava decidido a passos corretivos; ele vem até nós e nos despeja uma filípica, na qual todo o páthos do sul sensual está a serviço da disciplina e dos bons costumes. A ofensa ao pudor cometida por nós, disse, era tanto mais digna de condenação por equivaler a um abuso ingrato e ofensivo da hospitalidade italiana. Não haviam sido ofendidos de modo injurioso somente o espírito e a letra das disposições públicas de banho, mas, ao mesmo tempo, também a honra de seu país e, em defesa dessa honra, ele, o senhor de casaca, cuidaria para que a nossa violação da dignidade nacional não permanecesse impune.

Fazíamos o nosso melhor para prestar ouvidos a essa suasória com acenos de cabeça meditativos. Contradizer o inflamado sujeito teria sem dúvida significado incorrer em mais outro erro. Tínhamos isso ou aquilo na ponta da língua: por exemplo, que nem todas as circunstâncias concorriam para tornar de todo oportuno o emprego do termo "hospitalidade" em sua mais pura acepção, e que nós, para falar sem eufemismo, éramos hóspedes não tanto da Itália, mas da *signora* Angiolieri, que já fazia alguns anos trocara a profissão de confidente da Duse por aquela de hoteleira. Também tínhamos vontade de responder que não sabíamos ter a negligência moral naquele belo país chegado a um tal ponto, que parecia plausível e necessário semelhante reação de puritanismo e melindre. No entanto, limitamo-nos a assegurar que longe de nós estava todo tipo de provocação e falta de respeito e a fazer notar, como escusa, a tenra idade, a insignificância corporal da pequena delinquente. Em vão. Nossos protestos foram rechaçados como pouco fidedignos, nossa defesa como insustentável, e afirmou-se a necessidade de erigir o exemplo. Por telefone, creio eu, foi informada a autoridade, seu representante apareceu na praia, declarou o caso como muito grave, *molto grave*, e tivemos de acompanhá-lo à "praça", até o *município*, a prefeitura, onde um funcionário superior confirmou o juízo provisório *molto grave*, desfiou o nosso delito com expressões didáticas exatamente iguais, de claro uso corrente, às do senhor de chapéu engomado e nos impôs uma sanção e multa de cinquenta liras. Consideramos que essa contribuição à receita italiana era o preço pela aventura: pagamos e saímos. Não teria sido o caso de irmos embora?

Ah, se o tivéssemos feito! Teríamos então evitado aquele funesto Cipolla; porém vários fatores concorreram para impedir a decisão de nos transferir. Um poeta disse que é a preguiça que nos mantém em situações penosas — o *bon mot* poderia ser empregado para explicar a nossa perseverança. Além disso, ninguém de boa vontade bate subitamente em retirada após um caso como esse; relutamos em admitir nos ter exposto ao ridículo, sobretudo quando demonstrações de simpatia à volta encorajam a teimosia. Na Villa Eleonora, foram uníssonos em pronunciar a injustiça de nosso destino. Conhecidos italianos de conversas pós-prandiais eram da opinião de que o fato não quadrava com a fama da região e declararam o propósito de pedir explicações, na qualidade de compatriotas, ao senhor de casaca. Entretanto, já no dia seguinte ele próprio havia sumido da praia, ele e o seu grupo — não por nossa causa, claro, mas pode ser que a consciência de sua partida iminente tenha sido propícia a seu dinamismo, e de todo modo a distância dele nos foi um alívio. Em resumo: permanecemos até mesmo porque a temporada já nos parecia peculiar, e porque a peculiaridade exprime por si mesma um valor, independentemente da satisfação ou insatisfação. Devemos entregar os pontos e nos esquivar da experiência tão logo ela não se demonstre perfeitamente capaz de produzir bom humor e confiança? Devemos "ir embora" quando a vida se mostra um pouco fora do comum, algo suspeita ou um tanto embaraçosa e mortificante? Não, devemos permanecer, fazer frente a ela e a ela nos expor, justamente nisso talvez haja algo a aprender. Permanecemos, portanto, e como pavorosa recompensa de nossa firmeza nos foi dado vivenciar a figura impressionante e infausta de Cipolla.

Não mencionei que quase no mesmo momento de nossa punição estatal teve início a baixa estação. Aquele catão de chapéu engomado, nosso delator, não foi o único hóspede que agora deixava o balneário; numerosas eram as partidas, viam-se muitos carrinhos de mão com bagagem rumarem para a estação. A praia se internacionalizava, a vida em Torre, nos cafés, nas trilhas do pinhal, se fez tanto mais íntima quanto mais europeia; era provável que, agora, fosse-nos possível até fazer a refeição na varanda de vidro do Grand Hôtel, mas disso nós abdicamos, achávamo-nos perfeitamente bem à mesa da *signora* Angiolieri — a expressão "achar-se bem" a ser compreendida na nuança que o espírito do lugar lhe outorgava. Ao lado dessa mudança, tida como benéfica, o tempo também virou, mostrou-se quase pontualmente de acordo com o calendário de férias do grande público. O céu se cobriu, não que tenha ficado mais fresco, mas a onda de calor que reinava havia dezoito dias desde a nossa chegada (e decerto muito tempo antes) deu lugar a um *scirocco* abafado e sufocante, e uma chuvinha fina umedecia de tempos em tempos o teatro aveludado de nossas manhãs. Mais essa; dois terços de nosso tempo previsto para Torre já haviam expirado; o mar indolente e descorado, em cuja superfície plana vagavam águas-vivas letárgicas, era, não obstante, uma novidade; teria sido bobagem pedir a volta de um sol que, quando reinava descomedido, havia dado causa a tantos suspiros.

Foi nessa altura, então, que Cipolla se anunciou. *Cavaliere Cipolla*, como era chamado nos cartazes que, um dia, passaram a se encontrar afixados por toda a parte, inclusive no refeitório da Pensione Eleonora — um virtuoso itinerante, um mestre da diversão, *forzatore*, *illusionista* e *prestidigitatore* (assim se designava), que se propunha entreter o tão estimado público de Torre di Venere com alguns fenômenos extraordinários de natureza misteriosa e desconcertante. Um ilusionista! O anúncio bastou para virar a cabeça de nossos pequenos. Eles jamais haviam assistido a uma apresentação semelhante, aquela viagem de férias deveria presenteá-los com a emoção desconhecida. A partir daquele instante, não pararam de buzinar em nossos ouvidos para que comprássemos ingressos para a noite do prestidigitador e, embora, desde o começo, o horário de início do espetáculo, nove horas, nos fosse motivo de preocupação, cedemos, considerando que, depois de nos inteirar em parte das artes provavelmente modestas de Cipolla, iríamos para casa, que, na manhã seguinte, as crianças poderiam dormir até mais tarde, e assim adquirimos os nossos quatro ingressos da própria *signora* Angiolieri, que tinha em consignação um certo número de assentos especiais para os seus hóspedes. Ela não podia garantir um desempenho de peso daquele homem, nem essa era a nossa expectativa; mas nós próprios sentíamos uma certa necessidade de distração, e a curiosidade imperativa das crianças resultou ser algo contagiosa.

O local onde o *cavaliere* se apresentaria era um salão que, durante a alta estação, servira para novas projeções cinematográficas a cada semana. Nunca havíamos estado ali. Lá se chegava passando o Palazzo (ruínas em forma de castelo da época feudal, aliás à venda), seguindo pela rua principal do vilarejo, ao longo da qual se achavam também a farmácia, a barbearia, as lojas de primeira necessidade, e que conduzia, por assim dizer, do cenário feudal ao popular, passando pelo burguês; sim, porque ela terminava entre moradas miseráveis de pescadores, diante de cujas portas senhoras idosas remendavam redes, e ali, no meio do setor popular, estava a *sala*, na verdade nada além de uma barraca de tábuas, embora ampla, cuja entrada, semelhante a um portal, estava ornada de ambos os lados com cartazes coloridos e colados uns sobre os outros. Pouco depois do jantar, no dia marcado, seguimos para lá no escuro, as crianças com terninho e traje de festa, felizes com tanta novidade. Estava abafado como desde alguns dias, relampejava às vezes e chuviscava. Caminhávamos debaixo de guarda-chuvas. Era um trajeto de quinze minutos.

Verificados os ingressos na porta, tivemos nós mesmos de procurar os nossos lugares. Achavam-se na terceira fileira à esquerda e, enquanto nos sentávamos, não deixamos de notar que o horário marcado para o início, por si só preocupante, estava longe de ser levado à risca: foi só aos poucos que um público, aparentemente empenhado em chegar tarde, começou a ocupar a plateia, a qual circunscrevia todo o espaço para os espectadores, já que não havia camarotes. Essa demora nos deixava um pouco apreensivos. As crianças já traziam as bochechas coradas de um cansaço mesclado com expectativa febril. Apenas os lugares em pé nos corredores laterais e nos fundos estavam preenchidos quando chegamos. Lá estava, os braços seminus cruzados sobre o peito de malha listrada, a virilidade autóctone de Torre di Venere em toda a sua gama, pescadores, rapazes de olhar empreendedor; e se nós estávamos de pleno acordo com a presença do povo local, único a emprestar cor e humor a tais ocasiões, as crianças, essas, mostravam-se encantadas. Elas tinham amigos entre aquela gente, conhecidos de passeios vespertinos feitos às praias mais distantes. Muitas vezes, na hora em que o sol, cansado de seu trabalho descomunal, mergulhava no mar e dourava de vermelho a espuma progressiva da rebentação, topávamos, a caminho da pensão, com grupos de pescadores de pernas nuas, que, em fila, fincando os pés e puxando as redes com gritos cadenciados, recolhiam o seu butim (em geral escasso) de *frutti di mare* em cestos gotejantes; e os pequenos paravam para vê-los, gastavam o pouco de italiano que tinham, ajudavam a puxar a corda, faziam amizade. Agora trocavam saudações com a geral e os seus lugares em pé, lá estava o Guiscardo, lá estava o Antonio, conheciam os nomes, chamavam-nos a meia-voz, abanando as mãos, e recebiam em resposta um aceno de cabeça, um sorriso de dentes saudabilíssimos. Veja só, lá está o próprio Mário do Esquisito, o Mário que nos serve chocolate! Ele também quer ver o mágico, e deve ter chegado cedo, está quase na frente, mas não repara em nós, não dá bola, esse é o jeito dele, apesar de ser garçom. Deixa para lá, vamos acenar para o homem que aluga canoas na praia, lá está ele também, bem no fundo.

Deu nove e quinze, deu quase nove e meia. Compreendes o nosso nervosismo. A que horas as crianças iriam para a cama? Fora um erro trazê-las, pois lhes tirar o prazer nem bem ele começara seria muito duro. Com o tempo, a plateia se enchera bastante; Torre inteira estava lá, assim se poderia dizer, os hóspedes do Grand Hôtel, os hóspedes da Villa Eleonora e de outras pensões, rostos conhecidos da praia. Ouviam-se inglês e alemão. Ouvia-se o francês com que os romenos falam com os italianos. A própria madame Angiolieri estava sentada duas fileiras atrás de nós, ao lado de seu marido quieto e calvo, que cofiava o bigode com os dois dedos médios da mão direita. Todos haviam chegado tarde, mas ninguém tarde demais; Cipolla se fazia esperar.

Ele se fazia esperar, essa é a expressão justa. Aumentava a expectativa com a demora de sua entrada. As pessoas mostravam compreensão com essa técnica, mas não sem limites. Lá pelas nove e meia, o público começou a aplaudir — uma forma gentil de manifestar legítima impaciência, já que, ao mesmo tempo, dá expressão ao desejo de aplaudir. Para os pequenos, participar disso já fazia parte da diversão. Todas as crianças adoram bater palmas. Do setor popular alguém gritou enérgico: *"Pronti!"* e *"Cominciamo!"*. E, como sói acontecer, eis que de pronto o início, quaisquer que fossem os obstáculos que se lhe tinham oposto durante tanto tempo, virou algo fácil de propiciar. Soou um gongo, respondido pela geral com um polifônico *Ah!*, e a cortina se abriu. Ela desvelou um palco que, pela sua decoração, assemelhava-se mais a uma sala de aula do que ao campo de ação de um prestidigitador, e isso graças particularmente ao quadro-negro disposto sobre um cavalete, em primeiro plano, à esquerda. No mais, viam-se ainda um prosaico cabide de roupas amarelo, algumas cadeiras de palha comuns da região e, mais ao fundo, uma mesinha redonda, sobre a qual havia uma garrafa d'água com copo e, sobre uma bandeja peculiar, um frasco cheio de líquido amarelo-claro ao lado de tacinhas de licor. Mais dois segundos foram dados para contemplar esses utensílios. Então, sem que a sala escurecesse, o *cavaliere* Cipolla fez a sua entrada.

Ingressou naquele passo acelerado no qual se exprime disposição para com o público e que desperta a ilusão de que o recém-chegado já percorrera um longo trecho nesse ritmo para ficar de frente com a multidão, embora instantes antes ainda estivesse nos bastidores. O traje de Cipolla corroborava a ficção de alguém que chega de fora. Homem de idade difícil de definir, mas de modo algum ainda jovem, com rosto afilado e devastado, olhos pungentes, boca selada em rugas, bigodinho tingido de preto e uma assim chamada mosca na cavidade entre o lábio inferior e o queixo, vestia-se com um quê de complicada elegância de noite de gala. Envergava uma ampla capa rodada preta, sem manga, com gola de veludo e pelerine forrada de cetim — capa que ele mantinha junto diante de si com mãos calçadas de branco, tolhendo o movimento dos braços —, um lenço branco em volta do pescoço e uma cartola curva, assentada de través sobre a testa. Talvez mais do que em outro lugar, é na Itália que o século XVIII ainda está vivo, e com ele o tipo do charlatão, do farsante embusteiro tão característico dessa época, e que só na Itália ainda é possível encontrar em exemplares bastante bem conservados. Em seu porte, Cipolla tinha muito dessa espécie histórica, e a impressão de bufonaria publicitária e fantástica inerente à imagem foi despertada pelo próprio fato de que o vestuário pretensioso lhe assentava no corpo — ou nele fora como que pendurado — de forma esquisita, aqui esticado incorretamente, ali com pregas incorretas: havia algo de errado em sua figura, tanto de frente quanto de costas — mais tarde isso ficou claro. Mas me cabe sublinhar que, em sua postura, em sua fisionomia, em suas maneiras, não havia absolutamente nada de engraçado ou burlesco; expunham-se, antes, rígida seriedade, recusa de todo o humorismo, um orgulho por vezes irritadiço, inclusive certa dignidade e presunção do aleijado — o que, no entanto, não impediu que, de início, os seus modos provocassem risadas em vários pontos da sala.

Esses modos não tinham mais nada de obsequioso; a rapidez de seu passo ao ingressar revelou-se pura manifestação de energia, despida de todo traço de sujeição. Sobre a ribalta e despojando-se de suas luvas com puxadelas indiferentes, com o que desnudou mãos compridas e amareladas, uma das quais ornada de um anel de sinete com lápis-lazúli em relevo, ele deixou vagar seus olhinhos severos, com olheiras embaixo, em inspeção pela sala, sem pressa, detendo-se aqui e ali num rosto, com exame ponderativo — a boca franzida, sem dizer uma palavra. As luvas enroladas, atirou-as a uma distância considerável, com uma destreza tão surpreendente quanto casual, bem dentro do copo d'água sobre a mesinha redonda, e retirou, então, de algum bolso interno, sempre olhando ao redor em silêncio, um pacote de cigarros, a marca mais barata do monopólio estatal, como se via pelo invólucro, sacou um deles do maço com a ponta dos dedos e o acendeu, sem olhar, com um isqueiro que funcionou de imediato. Fazendo uma careta arrogante, ambos os lábios retraídos, dando ao mesmo tempo batidinhas com um dos pés, expeliu a fumaça inalada profundamente, que brotou como fonte cinzenta entre os dentes pontiagudos, roídos por cáries.

O público o observava de modo tão penetrante quanto se via por ele perscrutado. Entre os jovens de pé, na geral, viam-se cenhos franzidos e olhares espicaçantes, à espreita de um ponto fraco que aquele sujeito, tão senhor de si, deixaria entrever. Não deixou nenhum. Apanhar e tornar a guardar o pacote de cigarros e o isqueiro era tarefa laboriosa graças à roupa; ao fazê-lo, recolheu a capa noturna para trás, e viu-se que sobre o antebraço esquerdo lhe pendia, canhestramente, de um laço de couro um chicote com cabo prateado em forma de garra. Notou-se ainda que ele não vestia um fraque, mas uma sobrecasaca, e quando abriu-a também, avistou-se uma cinta colorida, metade dela coberta pelo colete, que cingia o corpo de Cipolla e que os espectadores sentados atrás de nós, em palavras trocadas a meia-voz, supunham ser o emblema dos *cavalieri*. Deixo a questão em aberto, pois jamais ouvi dizer que um emblema desse tipo está vinculado ao título de *cavaliere*. Talvez a cinta fosse pura burla, tanto quanto o fato de o impostor ficar ali parado sem dizer palavra, continuando a não fazer outra coisa senão fumar o seu cigarro diante do público, indolente e com ares de importância.

Ria-se, como disse, e a hilaridade tornou-se quase geral quando uma voz na plateia de pé gritou um seco *"Buona sera!"*.

Cipolla ficou de orelha em pé.

— Quem foi? — perguntou quase ofensivo. — Quem acabou de falar? Hein? Primeiro tão atrevido e, agora, com medo? *Paura, eh?* — falou com voz bastante alta, algo asmática, mas metálica. Aguardou.

— Fui eu — disse, no silêncio, um jovem que se viu assim desafiado e atingido em sua honra, um belo rapaz bem ao nosso lado, com camisa de algodão e a jaqueta pendurada num dos ombros. Seu cabelo preto e crespo, ele o usava longo e em desalinho, o penteado da moda na pátria desperta, o que o desfigurava um pouco e o assemelhava a um africano.

— *Bè...* Fui eu. O senhor tinha que ter dito, mas eu só quis ser prestativo.

A hilaridade se renovou. O jovem tinha a língua afiada.

— *Ha sciolto lo scilinguagnolo* — disse alguém ao nosso lado. A lição popular, afinal de contas, fora oportuna.

— *Ah, bravo!* — respondeu Cipolla. — Tu me agradas, *giovanotto*. Crês em mim, se te digo que te vi faz algum tempo? Gente como tu tem a minha particular simpatia, posso usá-la. Já se vê que és um sujeito de caráter. Fazes o que queres. Ou alguma vez não fizeste o que querias? Ou fizeste até o que não querias? O que não eras tu a querer? Escuta, meu amigo, deve ser cômodo e divertido não bancar sempre o sujeito de caráter e ter de se responsabilizar por ambas as coisas, o querer e o fazer. É preciso que entre em jogo a divisão de trabalho — *sistema americano, sa'*. Queres agora, por exemplo, mostrar a língua a esse dileto e respeitável público aqui, e a língua inteira, até a base?

— Não — respondeu o rapaz com hostilidade. — Não quero. Isso seria prova de pouca educação.

— Não seria prova de absolutamente nada — retrucou Cipolla —, pois tu apenas o *farias*. Com todo o respeito pela tua educação, mas a minha opinião é que agora, antes de eu contar até três, tu darás meia-volta à direita e mostrarás a língua ao público, e mais comprida do que sabias que terias sido capaz de mostrá-la.

Olhou-o, seus olhos pungentes parecendo afundar ainda mais nas órbitas. — *Uno* — disse e fez sibilar brevemente no ar o seu chicote, cujo laço ele deixara escorregar do braço. O rapaz se virou para o público e mostrou uma língua tão comprida e com tal esforço que aquilo se via ser o máximo que tinha a oferecer quanto a comprimento de língua. Então tornou à sua posição de antes, com um rosto que não dizia nada.

— Fui eu — parodiou Cipolla, acenando com a cabeça na direção do jovem. — *Bè*... fui eu. — Então, abandonando o público às suas impressões, caminhou até a mesinha redonda, serviu-se de um trago, ao verter o frasco que, pela aparência, continha conhaque, e ágil emborcou-o.

As crianças riram com gosto. Das palavras trocadas não haviam entendido quase nada, porém as divertira muitíssimo que, entre aquele curioso homem lá em cima e alguém do público, tivesse ocorrido algo tão cômico, e uma vez que não tinham uma ideia precisa do programa que lhes prometia uma noite como aquela, estavam prontas para achar aquele início delicioso. Quanto a nós, trocamos um olhar, e lembro-me de que involuntariamente imitei baixo com os lábios o ruído com que Cipolla agitara no ar o seu chicote. De resto, era nítido que as pessoas não sabiam o que pensar de uma abertura tão disparatada de um espetáculo de ilusionismo, e não compreendiam bem o que pudera levar subitamente o *giovanotto*, que, afinal, lhes defendera por assim dizer os interesses, a voltar contra elas, o público, a sua insolência. Quanto ao seu comportamento, acharam-no pueril, não se importaram mais com ele e voltaram a atenção para o artista, que, retornando da mesinha restauradora, continuou a falar da seguinte forma:

— Senhoras e senhores — disse com a sua voz metálica e asmática —, acabais de me ver um pouco ressentido com a lição que julguei dever dar a este jovem e esperançoso linguista — *questo linguista di belle speranze*: riu-se do jogo de palavras. — Sou um homem de certo brio, tereis de aceitar isso! Não me agrada que me desejem boa-noite senão de maneira séria e cortês; há pouco motivo para fazê-lo com intenção contrária. Quando alguém me deseja boa-noite, é a si mesmo que a deseja, porque o público terá uma boa noite somente no caso de eu tê-la, e por isso o nosso queridinho, aqui, das moças de Torre di Venere — não deixava de zombar do rapaz — fez muito bem em dar de imediato uma prova de que hoje eu a terei e de que ele pode abrir mão dos seus desejos. Posso me gabar de quase não ter senão boas noites. Uma pior pode até me passar inadvertida, mas é raro. A minha profissão é difícil e a minha saúde, não das mais robustas; tenho a lamentar um pequeno defeito físico, que me incapacitou de tomar parte na guerra pela grandeza da pátria. Somente com as forças da minha alma e do meu espírito domino a vida, o que não significa outra coisa a não ser dominar a si mesmo, e me lisonjeio de ter despertado com o meu trabalho o respeitoso interesse do público culto. Os principais jornais souberam apreciar esse trabalho, o *Corriere dela Sera* prestou-me grande justiça ao me chamar de fenômeno e, em Roma, tive a honra de ver entre os meus espectadores o irmão do *duce*, numa das noites que lá me apresentei. Eu supunha que, em comparação, num lugar menos importante como Torre di Venere — riram à custa da pobre pequena Torre —, eu não deveria me privar de certos pequenos hábitos que tiveram a gentileza de me perdoar em local tão brilhante e eminente, nem tolerar que pessoas algo mimadas, ao que parece, pela afeição do sexo feminino, me repreendessem por causa deles.

Mais uma vez quem pagava o pato era o jovem, que Cipolla não se cansava de apresentar no papel de *donnaiuolo* rústico a cantar de galo — sendo que a tenaz animosidade e suscetibilidade com que se referia a ele estavam em flagrante contraste com as declarações de seu orgulho e dos sucessos mundanos de que se vangloriava. Decerto o jovem não era mais do que um simples tema de divertimento, Cipolla devia estar habituado a escolher um toda noite e lhe pegar no pé. Mas os seus remoques exprimiam autêntico rancor, sobre cujo significado humano uma olhadela ao físico de ambos seria instrutiva, mesmo que o deformado não tivesse feito alusão constante à sorte, dada como pressuposta, do belo jovem com as mulheres.

— Para começar, então, o nosso divertimento — acrescentou —, peço permissão para me pôr mais à vontade!

E se dirigiu ao cabide para se despir.

— *Parla benissimo* — constatou alguém perto de nós.

O homem ainda não realizara nada, mas apenas o seu falar já era apreciado como realização, com ele soubera se impor. Nos países meridionais, a fala é um ingrediente da alegria de viver, que goza de uma estima social muito mais viva que no norte. São as honrarias exemplares que funcionam como elemento de ligação nacional da língua materna entre esses povos, e existe algo de serenamente exemplar na veneração deleitosa com que cuidam de suas formas e leis fonéticas. Fala-se com prazer, ouve-se com prazer — e ouve-se com senso crítico. Porque a forma com que se fala vale como padrão da hierarquia pessoal; negligência, gaguejo suscitam desprezo. Elegância e maestria propiciam consideração humana, razão pela qual mesmo o homem simples, quando se importa em causar impressão, ensaia locuções selecionadas e as formula com esmero. Sob esse aspecto, ao menos, Cipolla tinha visivelmente cativado o público, embora não pertencesse de modo algum àquele tipo de gente que o italiano, numa singular mistura de juízo moral e estético, define como *simpatico*.

Depois de tirar o chapéu de seda, o lenço e a capa, veio de novo à frente alinhando a sobrecasaca, puxando para fora os punhos cingidos com botões graúdos e ajeitando a cinta de araque. Tinha o cabelo muito feio, quer dizer: a parte superior do crânio era quase calva, e só uma camada rala, tingida de preto, de cabelos repartidos em risca corria, como que grudada, do remoinho para a frente, ao passo que o cabelo das têmporas, igualmente tinto, estava penteado de lado, até a comissura dos olhos — o penteado, grosso modo, de um diretor de circo antiquado, ridículo, mas que casava perfeitamente com o estilo pessoal extravagante e usado com tamanha segurança que a sensibilidade do público manteve-se contida e muda diante de sua comicidade. O pequeno "defeito físico" do qual prevenira era agora visível com perfeita nitidez, ainda que não estivesse de todo claro em sua natureza: o peito era alto demais, como frequente em tais casos, mas o incômodo nas costas não parecia estar no lugar usual, entre os ombros, senão mais abaixo, como uma espécie de corcunda da anca e das nádegas que não o impedia de caminhar, mas lhe conferia um aspecto grotesco, sobressaindo singularmente a cada passo. De resto, ao mencioná-la, a imperfeição fora, por assim dizer, neutralizada, e era perceptível que um civilizado senso de tato em relação a ela dominara a sala.

— A vosso serviço! — disse Cipolla. — Com o vosso consentimento, daremos início ao nosso programa com alguns exercícios aritméticos.

Aritmética? Isso não parecia coisa de ilusionismo. Nascia a suspeita de que o sujeito navegava sob bandeira falsa; qual era a sua verdadeira, isso ainda era obscuro. Comecei a sentir dó das crianças; porém, por enquanto, elas apenas se sentiam felizes de estarem lá.

O efeito do jogo de números que Cipolla passou a apresentar era tão simples quanto surpreendente. Começou fixando uma folha de papel, com uma tachinha, no canto superior direito do quadro-negro e, ao erguê-la, escrevendo algo na madeira com giz. Não parava de falar à medida que o fazia, cioso em preservar o espetáculo da aridez, por meio do constante acompanhamento e apoio verbais, revelando-se um conferencista loquaz e de recursos retóricos inesgotáveis. O fato de continuar disposto a suprimir o abismo entre palco e plateia, que já fora preenchido com a singular escaramuça com o jovem pescador, o fato de compelir representantes do público a subir ao palco e, de sua parte, descer os degraus de madeira que a ele conduziam a fim de buscar contato pessoal com os espectadores: tudo isso fazia parte de seu estilo de trabalho e agradou muito às crianças. Não sei até que ponto o fato de recomeçar prontamente as suas rusgas com fulano ou beltrano estava incluído em suas intenções e em seu sistema, conquanto se mostrasse muito sério e contrariado — o público, ao menos em seus elementos populares, parecia de todo modo julgar que tais coisas faziam parte da diversão.

Depois de ter escrito e ter escondido o que escrevera debaixo da folha de papel, expressou o desejo de que duas pessoas subissem ao palco para ajudá-lo a executar o cálculo a ser feito. Isso não apresentava dificuldades, mesmo pessoas com pouco talento para números seriam perfeitamente adequadas. Como de hábito, ninguém se ofereceu, e Cipolla guardou-se de importunar a parte distinta do público. Ateve-se ao povo e voltou-se a dois rapagões rudes nos lugares de pé do fundo da sala, desafiou-os, encorajou-os, censurou-lhes que só ficassem ali parados, boquiabertos, e não quisessem se mostrar solícitos ao público, e realmente os pôs em movimento. Com passos desajeitados, vieram à frente pelo corredor central, subiram os degraus e se postaram diante do quadro-negro, sorrindo acanhados, sob os gritos de *bravi* dos seus companheiros. Cipolla brincou ainda alguns instantes com eles, elogiou a heroica solidez de seus membros, a grandeza de suas mãos, moldadas à perfeição para prestar aos espectadores o serviço requisitado e, então, deu na mão de um deles o giz, instruindo-o a simplesmente escrever os números que lhe fossem cantados. Mas o jovem explicou que não sabia escrever.

— *Non so scrivere* — disse com voz áspera.

E o seu companheiro acrescentou:

— Eu também não.

Sabe Deus se diziam a verdade ou se queriam apenas se divertir à custa de Cipolla. De todo o modo, ele estava bem longe de participar da hilaridade que a confissão deles suscitou.

Ficou ofendido e enojado. Estava, agora, sentado de pernas cruzadas numa cadeira de palha no centro do palco e fumava outro cigarro do maço barato, que lhe era visivelmente tanto mais saboroso após ter tragado um segundo conhaque, enquanto os patetas se arrastavam até o tablado. Balançando o pé em austera recusa, como um homem que se retrai em si mesmo e em sua dignidade diante de um acontecimento merecedor de todo o desdém, ele tornou a expelir, entre os dentes descobertos, a fumaça inalada profundamente, à medida que fitava o vazio, para além dos dois patifes animados e do próprio público.

— Escandaloso — disse frio e mordido. — Voltem aos seus lugares! Todos sabem escrever na Itália, nela, em sua grandeza, não há espaço para ignorância e obscuridade. É uma brincadeira de mau gosto, para os ouvidos desse público internacional, dar voz a uma acusação que não só leva vocês mesmos à humilhação, como também expõe ao boato o governo e a nação. Se Torre di Venere é, de fato, o último rincão da pátria no qual se refugiou o desconhecimento das ciências elementares, sou forçado a lamentar ter buscado por um lugar do qual eu deveria saber, no entanto, ser inferior a Roma neste ou naquele aspecto...

Nesse ponto, foi interrompido pelo rapaz com o penteado núbio e a jaqueta sobre o ombro, a cuja agressividade, como agora se via, ele renunciara apenas momentaneamente e que, de cabeça erguida, se arvorava em paladino da cidadezinha natal.

— Chega! — disse em voz alta. — Chega de caçoar de Torre. Todos nós somos daqui e não vamos tolerar que zombem da cidade na frente dos estrangeiros. Também aqueles dois são nossos amigos. Se não são instruídos, são em compensação jovens mais honestos do que talvez qualquer outro na sala que se vangloria de Roma, embora tampouco a tenha fundado.

Isso foi lá excelente. O jovem tinha mesmo cabelo nas ventas.

As pessoas se divertiam com essa espécie de dramaturgia, embora ela retardasse cada vez mais o início do programa propriamente dito. Escutar uma discussão é sempre cativante. Isso simplesmente diverte certas pessoas, e elas saboreiam com uma espécie de prazer maligno o fato de não tomarem parte; outras sentem angústia e agitação, e as compreendo muito bem, se bem que naquela hora tive a impressão de que tudo se baseava, em certa medida, num acordo e que tanto os dois paquidermes analfabetos quanto o *giovanotto* da jaqueta davam, meio a meio, uma mão ao artista para fazer teatro. As crianças escutavam com pleno deleite. Não entendiam nada, mas a entonação lhes suspendia o fôlego. Aquilo era então um espetáculo de magia ou, pelo menos, um espetáculo de magia italiano. Achavam tudo declaradamente muito bonito.

Cipolla se levantara e chegara à ribalta com dois passos, meneando o quadril.

— Mas vejam só! — disse com furiosa cordialidade. — Um velho conhecido! Um jovem que não tem papas na língua! — disse *sulla linguaccia*, que significa "língua suja", e provocou grande hilaridade. — Vão, meus amigos! — voltou-se aos dois patetas. — Basta de vocês, agora tenho mais que fazer com este homem de bem, *con questo torreggiano di Venere*, com este torregiano de Vênus, que sem dúvida conta com doces agradecimentos pela sua vigilância…

— *Ah, non scherziamo!* Falemos sério! — gritou o rapaz. Os seus olhos brilhavam, e fez na verdade um gesto como quem quisesse atirar para longe a jaqueta e passar a uma discussão mais direta.

Cipolla não tomou a coisa pelo lado trágico. Ao contrário de nós, que mirávamos um e outro com apreensão, o *cavaliere* estava às voltas com um conterrâneo, tinha o solo da pátria sob os pés. Permaneceu calmo, mostrou perfeita superioridade. Um sorridente aceno lateral de cabeça na direção do galo de briga, o olhar voltado ao público, que ele invocou para uma cumplicidade marota de sua mania de arruaça, pela qual o adversário revelou tão somente a simplicidade de seu estilo de vida. E, então, tornou a acontecer algo notável, que lançou uma luz sinistra sobre aquela superioridade e fez cair no ridículo, de forma vergonhosa e inexplicável, a excitação belicosa que decorria da cena.

Cipolla aproximou-se ainda mais do rapaz, fitando-o nos olhos de maneira peculiar. Desceu até metade dos degraus que, à nossa esquerda, levavam ao auditório, de modo a pôr-se bem na frente do contendor, só que um pouco mais alto. O chicote pendia-lhe do braço.

— Não estás com disposição para brincadeiras, meu filho — disse. — Isso é perfeitamente compreensível, pois todos podem ver que não estás bem. A tua língua, cuja limpeza deixa a desejar, já indica uma desordem aguda do sistema gástrico. Não se deve ir a um espetáculo noturno quando se sente como tu, e tu mesmo, eu sei, hesitaste se não seria melhor ir para a cama e preparar uma compressa. Foi imprudência beber hoje à tarde tanto daquele vinho branco, que estava terrivelmente azedo. Agora estás com tal cólica que gostarias de dobrar-te de dor. Anda, fá-lo sem receio! Certo alívio para espasmos do ventre está ligado a esse relaxamento do corpo.

Enquanto escandia isso, palavra por palavra, com pacata insistência e uma espécie de rigoroso interesse, os seus olhos, mergulhados nos do jovem, pareciam a um só tempo murchar e arder sobre as olheiras — eram olhos estranhíssimos, e compreendia-se que o seu parceiro não lograva desvencilhar-se deles somente por orgulho. Também já não se notava mais traço algum daquela soberba em seu rosto bronzeado. Fixava o *cavaliere* de boca aberta, e essa boca sorria em sua candura, agoniada e deplorável.

— Dobra-te! — repetiu Cipolla. — Que mais te resta? Com uma cólica dessas a pessoa tem de se dobrar. Tu não te oporás ao reflexo natural só porque te aconselham a tanto.

O jovem ergueu lentamente os antebraços e, enquanto os pressionava em cruz sobre o abdome, o seu corpo vergou-se, agitando-se para o lado e para a frente, cada vez mais baixo, perfez o arco com pés desalinhados e joelhos unidos, até que por fim, imagem de dor contorcida, quase se agachou no chão. Cipolla o manteve nessa posição por alguns segundos, deu, a seguir, um breve golpe com o chicote no ar e retornou coxeando à mesinha redonda, onde emborcou um conhaque.

— *Il boit beaucoup* — constatou uma senhora atrás de nós.

Foi só isso que lhe chamou a atenção? Não nos restara claro até que ponto o público se dera conta da situação. O rapaz se pôs novamente em pé, sorrindo algo perplexo, como se não soubesse direito o que ocorrera com ele. As pessoas haviam seguido a cena com interesse e aplaudiram-na quando terminou, aos gritos de *"Bravo, Cipolla!"*, como também *"Bravo, giovanotto!"*. Era evidente que não concebiam o desfecho da disputa como derrota pessoal do jovem, antes o encorajavam como a um ator que representou um papel sórdido de forma louvável. De fato, o seu modo de dobrar-se com dores abdominais fora extremamente expressivo, sua plasticidade como que calculada para a geral e, por assim dizer, uma realização da arte dramática. Mas não sei ao certo o quanto do comportamento da sala deveria ser atribuído apenas àquele tato humano, em relação ao qual o sul nos é superior, e o quanto estava fundado na real percepção da essência das coisas.

O *cavaliere*, revigorado, acendera um novo cigarro. O experimento aritmético podia ser retomado. Sem dificuldade, encontrou um jovem das últimas fileiras disposto a escrever no quadro-negro as cifras ditadas. Aliás o conhecíamos; o entretenimento todo ganhava algo de familiar pelo fato de se conhecer tantos rostos. Era o funcionário da frutaria e loja de artigos coloniais da rua principal, que várias vezes nos atendera com desvelo. Empunhava o giz com destreza comercial, enquanto Cipolla, tendo baixado ao nosso plano, movia-se entre o público com o seu passo manco e recolhia números de duas, três e quatro cifras à livre escolha, que tomava dos lábios dos indagados para gritá-las, por sua vez, ao jovem merceeiro, que as alinhava uma embaixo da outra. Era recíproco o fato de que tudo era tido na conta de diversão, piada, digressão verbal. Era inevitável que o artista topasse com estrangeiros pouco afeiçoados à linguagem numérica nativa, e deles se ocupava longamente, com cavalheirismo enfático, sob a hilaridade cortês dos filhos da terra, a quem ele constrangia ao obrigá-los a traduzir cifras expressas em inglês e francês. Alguns diziam números que designavam datas marcantes da história italiana. Cipolla os compreendia de imediato e lhes tecia de passagem considerações patrióticas. Alguém disse: "Zero!", e o *cavaliere*, profundamente ofendido como em toda a tentativa de fazê-lo de bobo, retrucou por sobre o ombro que este era um número com menos de duas cifras, ao que um outro galhofeiro gritou: "Zero, zero", obtendo assim aquele indefectível sucesso de hilaridade quando se alude, entre os meridionais, a coisas óbvias. Apenas o *cavaliere* manteve-se gravemente avesso, embora, a bem dizer, ele próprio tenha suscitado o motejo; no entanto, dando de ombros, fez com que o escrivão também protocolasse esse item.

Quando havia cerca de quinze números de diversos tamanhos no quadro-negro, Cipolla pediu a soma total. Calculadores treinados podiam executá-la mentalmente antes da transcrição, mas era admissível o recurso a lápis e caderno. Sentado em sua cadeira ao lado do quadro-negro, enquanto se trabalhava, Cipolla fumava fazendo careta, na empáfia presunçosa de um aleijão. A soma de cinco cifras foi logo concluída. Alguém a comunicou, um a confirmou, o resultado de um terceiro diferia um pouco, o do quarto era novamente concorde. Cipolla se pôs de pé, bateu algo da cinza pousada na sobrecasaca, ergueu a folha de papel no canto superior direito do quadro-negro e deu à mostra o que ele havia escrito ali. A soma correta, próxima a um milhão, já se achava lá. Anotara-a de antemão.

Espanto e grande aplauso. As crianças estavam assombradas. Como ele fizera aquilo? Queriam saber. Demos a entender que era um truque, que não sabíamos dos detalhes, o homem era afinal um prestidigitador. Agora elas sabiam o que era isso, o espetáculo de um ilusionista. Primeiro as dores abdominais do pescador e, agora, o resultado pronto no quadro-negro — era esplêndido, vimos com apreensão que, apesar de seus olhos em brasa e de agora ser quase dez e meia, seria muito difícil levá-las embora. Haveria choro. E, no entanto, era evidente que aquele corcunda não fazia mágica, pelo menos não no sentido do virtuosismo, e que aquilo não era para crianças. De novo não sei o que de fato pensava o público, mas era claramente um tanto duvidosa a "livre escolha" na determinação dos números a serem somados; este ou aquele entre os indagados até que poderia ter respondido espontaneamente, porém, no conjunto, estava claro que Cipolla havia escolhido a sua gente e que o processo, em vista do resultado escrito de antemão, havia transcorrido sob o seu controle — no entanto, seu tino para o cálculo continuava digno de nota, muito embora o restante estranhamente se furtasse à admiração. Como o patriotismo e o orgulho irascível: diante deles, os compatriotas do *cavaliere* podiam sentir-se incólumes, em seu hábitat, e continuar dispostos à diversão; a mistura afigurava-se opressiva a quem vinha de fora.

O próprio Cipolla, de resto, cuidava para que o caráter de suas artes fosse indubitável aos minimamente iniciados, sem, no entanto, mencionar um nome, um termo. Falava delas, pois falava sem parar, mas tão só em expressões indeterminadas, presunçosas e publicitárias. Seguiu ainda algum tempo no caminho experimental que trilhava, tornando primeiro os cálculos mais complicados, acrescentando à adição exercícios das outras operações, e depois os simplificava ao máximo, para mostrar como funcionava. Simplesmente fez com que "adivinhassem" números que antes escrevera sob a folha de papel. Quase sempre dava certo. Alguém confessou que quisera, na verdade, dizer uma outra soma, mas, como no mesmo instante o chicote do *cavaliere* sibilara no ar à sua frente, ele deixara escapar o número, que em seguida foi encontrado no quadro-negro. Cipolla ria com os ombros. Fingia admiração pelo engenho dos indagados; tais elogios, porém, tinham não sei quê de irônico e aviltante, não creio que fossem tidos como agradáveis pelos sujeitos do experimento, embora respondessem com um sorriso e lhes fosse dado registrar o aplauso em parte a seu favor. Eu tampouco tinha a impressão de que o artista era benquisto pelo seu público. Era tangível uma certa antipatia e insubordinação, mas, sem falar da cortesia que refreava tais emoções, a aptidão de Cipolla, a sua inflexível segurança, não deixava de causar impressão, e o próprio chicote, imagino eu, contribuía o seu tanto para que a revolta se mantivesse no subterrâneo.

Do mero experimento com números ele passou ao das cartas. Eram dois maços que tirou do bolso e, do quanto me ficou disso, lembro que o exemplo básico e paradigmático dos experimentos que realizou com elas foi este, que de um maço escolhia, sem ver, três cartas e as escondia no bolso interno da sobrecasaca e que, então, a pessoa designada tirava do segundo maço que lhe era oferecido essas mesmas três cartas — nem sempre exatamente as mesmas; podia acontecer de apenas duas coincidirem, mas na maioria dos casos Cipolla triunfava quando anunciava as suas três cartas e agradecia de leve pelo aplauso com que, bem ou mal, se reconheciam as forças que ele exibia. Um jovem na primeira fileira, à nossa direita, com um rosto de um talhe orgulhoso, um italiano, ergueu a mão e declarou que estava decidido a escolher as cartas segundo a lúcida vontade própria e opor-se deliberadamente a toda espécie de influência, qualquer que ela fosse. Como Cipolla se sairia nesse caso?

— O senhor — respondeu o *cavaliere* — irá me dificultar um pouco a tarefa. A sua resistência em nada modificará o resultado. A liberdade existe, e existe também o arbítrio, mas o livre-arbítrio não existe, porque um arbítrio que se pauta pela própria liberdade cai no vazio. O senhor é livre para tirar ou não tirar as cartas. Mas se tirá-las, tirará as corretas — com tanto mais certeza quanto mais obstinadamente tentar agir.

É preciso convir que ele não teria escolhido melhor as suas palavras para turvar as águas e promover a confusão do espírito. O renitente hesitou, nervoso, antes de estender a mão. Tirou uma carta e exigiu ver imediatamente se ela estava entre as escondidas.

— Mas como? — admirou-se Cipolla. — Por que fazer o trabalho pela metade? — Como, porém, o teimoso insistia nessa prova preliminar: — *È servito!* — disse o charlatão com gestos insolitamente submissos e mostrou, sem nem sequer olhá-la, a sua trinca em forma de leque. A carta à esquerda era a carta tirada.

O paladino da liberdade sentou-se furioso, sob o aplauso da sala. Até que ponto Cipolla reforçava os seus dotes inatos com truques mecânicos e ardis de presteza, só o diabo sabe. Uma vez aceito tal amálgama, a curiosidade individual sem travas uniu-se, de um modo ou de outro, no desfrute de um espetáculo fenomenal e no reconhecimento de uma competência profissional que ninguém negava. "*Lavora bene!*" Ouvíamos a constatação aqui e ali ao nosso redor, e ela significava a vitória da justiça objetiva sobre a antipatia e a indignação tácita.

Sobretudo depois de seu último sucesso, fragmentário, porém justamente por isso tanto mais impressionante, Cipolla revigorara-se outra vez com um conhaque. De fato, ele "bebia muito", e isso era algo triste de se ver. Mas era evidente que ele precisava de licor e cigarro para manter e renovar o seu vigor, que, ele próprio insinuara, era submetido a fortes exigências em vários aspectos. Vez ou outra, de fato, ele adquiria uma aparência ruim, ficava de olhos fundos e abatido. O trago lhe servia de reparo a cada vez, e o seu discurso fluía a reboque, animado e insolente, enquanto o fumo inalado lhe brotava cinzento dos pulmões. O que sei ao certo é que ele passou das artimanhas com cartas àquele tipo de jogos de salão baseados em faculdades suprarracionais ou sub-racionais da natureza humana, no âmbito da intuição e da transmissão "magnética", em suma, numa forma menor de revelação. Só não sei mais a ordem precisa de suas realizações. Tampouco te aborrecerei com a descrição desses experimentos; todos os conhecem, todos já participaram deles uma vez, daquela descoberta de objetos escondidos, daquela execução cega de ações coordenadas, na qual a instrução se transmite de organismo a organismo através de caminhos inexplorados. Todos também já lançaram uma rápida olhadela, com curioso desdém e meneio de cabeça, ao caráter dúbio, impuro e indecifrável do oculto, oculto esse que na natureza humana de seus portadores tende sempre a se mesclar de modo vexatório com farsa e fraude prestativa, sem que esse embate prove alguma coisa contra a autenticidade de outros ingredientes do questionável amálgama. Digo apenas que, quando um Cipolla é diretor e ator principal do jogo sombrio, todas as relações se reforçam naturalmente, a impressão, sob todos os aspectos, ganha em profundidade. As costas voltadas ao público, ele fumava sentado no fundo do palco, enquanto isso, em algum lugar da sala, acordos secretos aos quais ele deveria obedecer eram fechados; de mão em mão passava o objeto que ele deveria tirar de seu esconderijo e com o qual deveria executar algo predeterminado. Foi aquele típico tatear que ora avança em disparada, ora se detém à espreita, aquele palpar equívoco a corrigir-se com súbita mudança de rumo, que ele nos deu a observar quando, a cabeça inclinada para trás e uma mão esticada, se movia pela sala em zigue-zague, a outra mão dada a um guia ciente de tudo, instruído a portar-se com o corpo de modo meramente passivo, mas dirigir os seus pensamentos à coisa combinada. Os papéis pareciam trocados, a maré seguia em direção oposta, e a fala do artista, cada vez mais fluente, fazia referência explícita a isso. A parte que sofria, que recebia, a parte que executava, cuja vontade estava descartada e que punha em prática uma tácita vontade coletiva difusa no ar, agora era ele, que por tanto tempo quisera e ordenara; mas ele acentuava o fato de que tudo dava no mesmo. A capacidade, dizia, de renunciar a si mesmo, de tornar-se instrumento, de obedecer no sentido mais perfeito e incondicional, era apenas o reverso daquela outra, de querer e ordenar; era uma e mesma capacidade; ordenar e obedecer, juntos, formavam um só princípio, uma unidade indissolúvel; quem sabia obedecer, sabia também ordenar e vice-versa; uma ideia estava contida na outra, como povo e líder estavam contidos um no outro, mas a realização, a severa e extenuante realização, era em todo caso sua, do líder e organizador, em quem a vontade se tornava obediência e a obediência, vontade, na pessoa de quem estava a origem de ambas, e que, portanto, se achava sobrecarregado. Acentuava isso com energia e frequência, que estava extremamente sobrecarregado, quem sabe para explicar a necessidade de revigorar-se e o constante recurso ao trago.

Tateava ao redor como um vidente, guiado e levado pela secreta vontade coletiva. Tirou um alfinete incrustado com pedra do sapato de uma inglesa, onde o tinham escondido, levou-o aos titubeios e arrancos até uma outra senhora — era a *signora* Angiolieri — e entregou-lhe de joelhos, com palavras predeterminadas que, embora óbvias, nem por isso eram fáceis de atinar, pois haviam sido combinadas em francês. — Dou-te um presente como prova de minha devoção! — tinha ele de dizer, e nos pareceu haver maldade na dureza daquela condição; exprimia-se ali uma discrepância entre o interesse no êxito de algo portentoso e o desejo de que o homem pretensioso sofresse uma derrota. Mas muito estranho era como Cipolla, ajoelhado diante da sra. Angiolieri, lutava para intuir, entre discursos de sondagem, o que lhe cabia por tarefa.

— Preciso dizer alguma coisa — falou — e sinto com clareza o que há para dizer. No entanto, sinto ao mesmo tempo que estaria incorreto se o deixasse vir aos lábios. Cuida para não me prestares ajuda com um sinal involuntário qualquer! — exclamou, embora, ou porque sem dúvida era isso mesmo o que esperava... — *Pensez très fort!* — bradou de repente em mau francês e fez jorrar, então, em italiano a frase comandada, mas de tal maneira que proferiu de supetão a última e mais importante palavra na língua irmã, com a qual provavelmente estava pouco familiarizado, e disse com uma nasal final impossível, em vez de *venerazione, vénération* — um sucesso parcial que, depois das realizações já consumadas, da descoberta do alfinete, do trajeto até a destinatária e da genuflexão, produziu um efeito quase mais impressionante do que se o triunfo fosse completo, e suscitou aplausos plenos de admiração.

Ao erguer-se, Cipolla enxugou o suor da testa. Compreendes que não dei mais do que um exemplo de seu trabalho ao contar do alfinete — o caso me ficou particularmente marcado na memória. Entretanto, ele declinava a forma básica de várias maneiras e entrelaçava esses experimentos, de modo que se passava muito tempo com improvisações de natureza afim, proporcionadas a cada passo pelo contato com o público. Da pessoa de nossa anfitriã, em particular, é que parecia lhe provir inspiração; ela lhe arrancou adivinhações espantosas.

— Não me escapa, *signora* — disse-lhe ele —, que o seu é um caso particular e digno de respeito. Quem sabe ver, vislumbra em torno de seu rosto encantador uma luz que, se não estou de todo enganado, outrora era mais intensa do que hoje, uma luz que empalidece lentamente... Sem uma palavra! Não me ajude! A seu lado está sentado o seu marido, não é verdade? — E voltou-se para o quieto sr. Angiolieri. — O senhor é o marido dessa senhora, e a sua felicidade é perfeita. Mas sobre essa felicidade pairam recordações... recordações principescas... O passado, *signora*, tem na sua vida atual, assim me parece, um papel importante. A senhora conheceu um rei... por acaso um rei não atravessou em dias passados o caminho de sua vida?

— Não, não — sussurrou a que nos dispensava a sopa do almoço, e seus olhos castanho-dourados luziam na nobre palidez de seu rosto.

— Não, não? Não, rei nenhum, falei só de maneira tosca e imperfeita. Rei nenhum, príncipe nenhum, mas ainda assim um príncipe, um rei de reinos mais excelsos. Foi um grande artista ao lado de quem a senhora um dia... a senhora quer me contradizer e, no entanto, não consegue fazê-lo com determinação, só consegue fazê-lo pela metade. Aí está! Era *uma grande artista*, de fama mundial, de cuja amizade a senhora desfrutou em tenra idade e cuja memória sagrada sombreia e ilumina toda a sua vida... O nome? É necessário lhe dizer o nome daquela cuja fama ligou-se por tanto tempo à da pátria e, com ela, é imortal? Eleonora Duse — concluiu baixo e solene.

A pequena senhora, subjugada, recolheu-se num aceno de cabeça. O aplauso foi análogo a um comício nacional. Quase todos na sala sabiam do relevante passado da sra. Angiolieri e tinham, assim, condições de apreciar a intuição do *cavaliere*, sobretudo os hóspedes presentes da Casa Eleonora. A questão era apenas o quanto ele próprio sabia disso, depois de averiguá-lo ao chegar a Torre em sua primeira sondagem profissional... Mas não tenho motivo algum para levantar dúvidas racionalistas contra habilidades que se tornaram fatais diante de nossos olhos...

Foi então que houve um intervalo, e o nosso mestre retirou-se. Confesso que eu receava esse ponto do meu relato, quase desde que comecei a fazê-lo. Ler o pensamento das pessoas, a maioria das vezes, não é difícil, nesse caso é muito fácil. Infalivelmente me perguntarás por que, afinal, não fomos embora — e te ficarei devendo a resposta. Não entendo e, na verdade, não sei o que responder. Devia com certeza passar das onze, provavelmente mais tarde. As crianças dormiam. A última série de experimentos fora para elas bastante tediosa, e assim a natureza não tivera dificuldades de conquistar o seu direito. Dormiam sobre os nossos joelhos, a pequena sobre os meus, o menino sobre os da mãe. Isso era, por um lado, consolador, mas, por outro, era também um motivo de compaixão e uma advertência para levá-las para a cama. Asseguro que queríamos lhe obedecer, a essa tocante advertência, queríamos de verdade. Acordamos os pobrezinhos com a afirmação de que agora já estava mais do que na hora de voltar para casa. Porém a resistência suplicante deles começou no exato instante em que tornaram a si, e sabes que a aversão das crianças a abandonar um espetáculo antes da hora pode apenas ser rompida, não vencida. Que magnífico era o mágico, protestaram, não sabíamos o que viria em seguida, que pelo menos esperássemos para ver o que ele faria depois do intervalo, elas dormiriam um pouco nesse meio-tempo, só não as levássemos para casa, só não para a cama, enquanto a noite ali, tão divertida, seguia adiante!

Por ora cedemos, ainda que, até onde soubéssemos, só por um instante, por mais um momentinho. Não há desculpas por termos ficado, e explicá-lo é quase igualmente tão difícil. Será que acreditávamos ter de dizer B após termos dito A e que tínhamos, no final das contas, levado as crianças para lá por engano? Isso não me parece suficiente. Éramos nós próprios que nos divertíamos? Sim e não, os nossos sentimentos para com o *cavaliere* Cipolla eram de natureza conflitante, mas tais eram, se não estou enganado, os sentimentos de toda a sala, e no entanto ninguém foi embora. Será que éramos vítimas de uma fascinação que emanava daquele homem que ganhava o seu pão de modo tão insólito, fora do roteiro, em meio a artimanhas, e nos paralisava as decisões? Pode ser também que a pura curiosidade deva ser levada em conta. As pessoas queriam saber como continuaria uma noite começada daquele modo e, aliás, a saída de Cipolla havia sido acompanhada de anúncios dos quais se deduzia que o saco estava longe de se esvaziar e que eram de esperar efeitos ainda mais intensos.

Mas isso tudo não é a questão, ou a questão não é toda essa. O mais acertado seria responder à pergunta do porquê de não termos partido agora com uma outra pergunta, a do porquê de não termos deixado Torre antes. Trata-se, penso eu, de uma única e mesma pergunta, e para esquivar-me, poderia dizer simplesmente que já a havia respondido. A coisa ali era tão peculiar e tensa, tão incômoda, malsã e opressiva quanto em Torre em geral, ou até mais: aquela sala constituía o ponto de convergência de toda peculiaridade, esquisitice e tensão com que a atmosfera da temporada parecia carregada;

aquele homem cujo retorno aguardávamos se nos afigurava a personificação de tudo isso e, como em termos gerais, não havíamos "ido embora", teria sido ilógico fazê-lo, por assim dizer, em termos particulares. Aceita isso como explicação de nosso sedentarismo, ou não! Simplesmente não sei alegar algo melhor.

Houve, então, um intervalo de dez minutos, que se transformaram em cerca de vinte. As crianças, despertas e encantadas com a nossa condescendência, souberam preenchê-lo de forma animada. Retomaram as suas relações com a esfera popular, com Antonio, com Guiscardo, com o homem das canoas. Com mãos em concha, gritavam aos pescadores votos cujo teor haviam apanhado de nós:

— Amanhã muitos peixes! A rede bem cheia!

A Mário, o jovem garçom do Esquisito, gritaram do outro lado:

— *Mário, una cioccolata e biscotti!*

E dessa vez ele prestou atenção e respondeu sorridente:

— *Subito!*

Tivemos motivos para guardar na memória esse sorriso amistoso e algo melancólico em sua distração.

E assim transcorreu o intervalo, o gongo soou, o público disperso em bate-papos reuniu-se, as crianças se aprumaram ávidas em seus assentos, as mãos no colo. O palco ficara aberto. Cipolla entrou a passos largos e logo começou a introduzir a segunda parte de seu programa à maneira de conferência.

Permite-me que eu resuma: aquele aleijão presunçoso foi o mais poderoso hipnotizador que encontrei em minha vida. Se ele jogou areia nos olhos do público sobre a natureza de seus números e se anunciou como prestidigitador, estava claro que o fizera unicamente para se esquivar das disposições policiais que proibiam rigorosamente o exercício profissional dessas forças. Talvez o encobrimento formal em tais casos seja costumeiro e tolerado, ou tolerado em parte, pelas autoridades. Seja como for, desde o princípio, o charlatão fizera pouco mistério do verdadeiro caráter de suas ações, e a segunda metade do programa fundava-se de modo patente e exclusivo num experimento especial, a demonstração da privação e imposição da vontade, ainda que na pura retórica continuassem a prevalecer os circunlóquios. Numa prolongada série de experimentos cômicos, emocionantes e espantosos, que à meia-noite ainda estavam em pleno curso, pôde-se ver, do insignificante ao monstruoso, tudo quanto esse campo, sinistro por sua própria natureza, tem a oferecer em questão de fenômenos, e os detalhes grotescos eram seguidos por um público que ria, balançava a cabeça, dava-se tapas no joelho, aplaudia, um público que estava a olhos vistos sob o encanto de uma personalidade extremamente segura de si, embora, ao menos assim me parecia, não deixasse de nutrir um sentimento de insubmissão contra o que havia de desonroso nos triunfos de Cipolla, seja para o indivíduo ou para todos.

Duas coisas desempenhavam papel central nesses triunfos: o trago revigorante e o chicote com cabo em forma de garra. O primeiro havia de servir para reavivar, a cada passo, o fogo de seus demônios, pois, do contrário, parecia, a ameaça do esgotamento surgiria, o que poderia ter levado a uma preocupação humana pelo homem, não fosse o outro, aquele símbolo ultrajante de sua soberania, aquela férula sibilante, sob a qual todos nós éramos postos pela sua arrogância e cujo emprego não suscitava sentimentos mais ternos do que aqueles de uma submissão estupefata e obstinada. Será que ele sentia falta deles, sentimentos? Pleiteava também a nossa simpatia? Queria ter tudo? Uma declaração sua me ficou marcada, que implicava certa inveja. Ele a fez quando, no auge de seus experimentos, reduzira um jovem, que se lhe pusera à disposição e que havia tempos se mostrara como objeto particularmente sensível àquelas influências, a um estado de perfeita catalepsia, por meio de gestos e sopros, de tal maneira a ser capaz não apenas de pô-lo deitado em sono profundo, a nuca e os pés apoiados nas espaldas de dois assentos, como também de se lhe sentar sobre o tronco, sem que o corpo rígido como tábua cedesse. A visão daquele monstro em traje de gala, acocorado sobre a figura lignificada, era implausível e abjeta, e o público, supondo que a vítima daquele passatempo científico estivesse padecendo, rogou clemência.

— *Poveretto!* Pobrezinho! — exclamaram vozes benévolas.

— *Poveretto!* — caçoou Cipolla exasperado. — Isso não está certo, senhoras e senhores! *Sono io il poveretto!* Sou eu que suporto tudo isso!

Engoliu-se a lição. Certo, podia ser ele próprio que arcava com os custos do espetáculo e que, à força da imaginação, contraíra também as dores abdominais das quais o *giovanotto* fornecera a deplorável careta. Mas a aparência testemunhava o contrário, e ninguém se dispõe a dizer *poveretto* para alguém que sofre pela humilhação alheia.

Vejo que me antecipei e deixei de lado toda a sequência expositiva. Ainda hoje a minha cabeça está cheia de recordações dos martírios causados pelo *cavaliere*, só não sei mais mantê-los em ordem, e a questão também não é essa. Sei apenas que os grandes e intrincados, aqueles que recebiam mais aplausos, me impressionavam menos do que outros, pequenos e fugazes. O fenômeno do jovem a servir de banco me acaba de vir à mente só porque está ligado àquela reprimenda de Cipolla... Mas que uma senhora idosa, dormindo sentada numa cadeira de palha, fosse acalentada por Cipolla na ilusão de que fazia uma viagem pela Índia e, em seu transe, relatasse muito animada as suas aventuras por terra e água — isso me interessou muito menos, e achei menos formidável do que outro, logo após o intervalo, em que um senhor alto e robusto, de aparência militar, não conseguiu mais erguer o braço, apenas porque o corcunda lhe anunciou que não seria mais capaz de fazê-lo, sibilando uma vez no ar o seu chicote. Ainda tenho diante dos olhos o rosto daquele imponente *colonnello* de bigode, aquele cerrar de dentes sorridente, lutando pela liberdade de controle que fora perdida. Que cena confusa! Parecia querer e não poder, mas não querer era a única coisa que podia, e ali imperava, paralisando a liberdade, aquele emaranhado da vontade em si mesma, que o nosso domador já antes vaticinara ao senhor romano com ironia.

Esqueço menos ainda, em sua tocante e fantasmagórica comicidade, a cena com a sra. Angiolieri, cujo etéreo desamparo diante do poder do *cavaliere* com certeza ele entrevira já na primeira inspeção altiva da sala. Mediante pura feitiçaria, arrancou-a literalmente da cadeira, levou-a consigo para fora de sua fileira e, para que a luz dele brilhasse mais forte, impôs simultaneamente ao sr. Angiolieri que chamasse a mulher pelo prenome, como para lançar no prato da balança o peso de sua presença e de seus direitos e, com a voz do marido, despertar na alma da companheira tudo o que a virtude dela era capaz de resguardar contra o mau encanto. Mas como tudo foi em vão! Cipolla, a certa distância do casal, fez sibilar uma vez o seu chicote, com o resultado de que a nossa anfitriã estremeceu vivamente e para ele voltou o rosto.

— Sofronia! — gritou o sr. Angiolieri já nesse momento (não sabíamos que o prenome da sra. Angiolieri era Sofronia), e com razão começou a gritar, pois todos viam que o perigo era iminente: o rosto de sua esposa continuava fixo sobre o maldito *cavaliere*. Este, o chicote pendente do pulso, começou a executar, com cada um dos seus dez dedos longos e amarelos, movimentos de aceno e tração para a sua vítima, caminhando passo a passo para trás. Então, a sra. Angiolieri, em cintilante palidez, levantou-se do assento, virou-se toda para o lado do encantador e começou a segui-lo, cambaleante. Espetáculo fantasmagórico e fatal! Com expressão de sonâmbula, os braços rígidos, as belas mãos ligeiramente erguidas e os pés como que travados, ela parecia deslizar lentamente para fora da fileira, atrás do sedutor que a puxava...

— Chame, meu senhor, chame, vamos! — exortava a aberração.

E o sr. Angiolieri chamava com a voz débil:

— Sofronia!

Ah, chamou diversas vezes ainda; enquanto a mulher se afastava cada vez mais, chegou a erguer uma mão, em concha, até a boca, e acenar com a outra ao gritar. Mas a pobre voz do amor e do dever esvaecia, impotente, às costas de uma perdida, e deslizando qual sonâmbula, cativa e surda, a sra. Angiolieri cambaleava adiante, pelo corredor central, na direção dele, o corcunda de dedos gesticulantes, rumo à porta de saída. Tinha-se a imperativa e perfeita impressão de que ela teria seguido o seu mestre, se ele assim quisesse, até os confins do mundo.

— *Accidente!* — gritou o sr. Angiolieri com verdadeiro pavor e deu um pulo, quando a porta da sala foi alcançada. Mas, no mesmo instante, o *cavaliere* deixou cair a coroa da vitória, por assim dizer, e interrompeu-se:

— Basta, *signora*, eu lhe agradeço — disse, e ofereceu-lhe o braço com histriônico cavalheirismo, a ela que das nuvens caía em si, para conduzi-la de volta ao sr. Angiolieri.

— Meu senhor — saudou-o —, aqui está a sua esposa! Devolvo-lhe intacta nas mãos, com os meus cumprimentos. Guarde, com todas as forças de sua virilidade, um tesouro que lhe pertence tão intimamente e inflame a sua vigilância com a ciência de que há poderes mais fortes do que a razão e a virtude e que, só excepcionalmente, são acompanhados da magnanimidade da abnegação!

Pobre sr. Angiolieri, quieto e calvo! Não dava a impressão de saber defender a sua felicidade nem mesmo de poderes menos demoníacos do que aqueles que, ali, ainda agregavam o escárnio ao espanto. Grave e empolado, o *cavaliere* retornou ao palco sob um aplauso ao qual a sua eloquência emprestara dupla plenitude. Sobretudo graças a essa vitória, se não me engano, a sua autoridade elevou-se a um grau que lhe permitiu fazer o público dançar — isso mesmo, dançar. Deve-se entender a ação literalmente, e ela implicou uma certa degeneração, uma certa babel notívaga dos ânimos, uma dissolução ébria das resistências críticas que, por tanto tempo, haviam se oposto à ação daquele homem desagradável. Claro, ele teve de lutar duro para consumar a sua autoridade, mais especificamente contra a insubordinação do jovem senhor romano, cuja intransigência moral ameaçava dar ao público um exemplo perigoso a essa autoridade. Mas o *cavaliere* estava ciente da importância do exemplo e, astuto o suficiente para escolher como ponto fraco o local da menor resistência, fez iniciar a dança orgiástica por aquele jovem frágil e inclinado à prostração que ele antes já tornara rijo como pedra. Este, tão logo o mestre apenas lhe dirigia o olhar, tinha uma maneira de jogar o busto para trás como se atingido por um raio e, as mãos junto à costura da calça, de cair num tal estado de sonambulismo militar que, desde o início, saltara aos olhos a sua predisposição para todo o absurdo que lhe fosse imposto. Parecia também estar bastante à vontade na sujeição e privar-se de bom grado da miserável autonomia, pois repetidas vezes se oferecia como objeto de experimento e visivelmente empregava sua honra para oferecer um exemplo paradigmático de pronta abulia e inércia. Subiu outra vez ao palco, e bastou um sibilo do chicote para que, após a instrução do *cavaliere*, dançasse lá em cima um "step", ou seja, agitasse para todos os lados os seus membros tênues numa espécie de êxtase deleitável, com olhos fechados e cabeça balouçante.

A coisa era de um prazer manifesto, não durou muito para que ele obtivesse reforço e duas outras pessoas, um jovem vestido de modo simples, o outro alinhado, executassem o "step" dos seus dois lados. Foi então que o senhor de Roma tomou a palavra e perguntou, com arrogância, se o *cavaliere* se encarregaria de ensiná-lo a dançar, ainda que ele não quisesse.

— Ainda que o senhor não queira! — respondeu Cipolla num tom que me é inesquecível. Ainda tenho esse *"Anche se non vuole!"* nos ouvidos. E assim começou a luta. Cipolla, depois de tomar um trago e acender um novo cigarro, posicionou o romano num ponto do corredor central, o rosto voltado para a porta de saída, posicionou-se ele próprio atrás dele, a certa distância, e fez sibilar seu chicote, ordenando:

— *Balla!* — O seu adversário não se mexeu. — *Balla!* — repetiu o *cavaliere* com resolução e deu o estalo. Via-se o jovem mover o pescoço no colarinho e, ao mesmo tempo, erguer uma das mãos da articulação e girar um dos calcanhares para fora. Esses indícios de uma tentação espasmódica, indícios que ora aumentavam, ora tornavam a abrandar, duraram ainda um bom tempo. A ninguém escapava que se tratava ali de vencer um propósito de resoluta oposição, uma heroica pertinácia; aquele valente queria resgatar a honra do gênero humano, contraía-se, mas não dançava, e o experimento prolongava-se tanto que o *cavaliere* se viu obrigado a dividir a sua atenção; de quando em quando virava-se para o palco e para quem ali saracoteava, e fazia sibilar o chicote contra eles, para mantê-los à sua mercê, não sem inteirar o público, falando de lado, de que aqueles foliões não sentiriam depois nenhum cansaço, por mais que dançassem, porque na verdade não eram eles que o faziam, senão ele. Então, tornou a cravar a vista na nuca do romano, para tomar de assalto a fortaleza da vontade que se opunha à sua autoridade.

As pessoas viam-na vacilar sob os seus repetidos golpes e apelos incessantes, aquela fortaleza — viam-na com um interesse objetivo, que não estava isento de embates emotivos, de remorso e cruel satisfação. Se bem entendi o processo, aquele senhor sucumbiu à negatividade de sua posição na luta. É de presumir que não se pode viver psiquicamente do não querer; não querer fazer uma coisa não é, a longo prazo, um propósito de vida; não querer alguma coisa e não querer mais em absoluto — e, portanto, fazer, não obstante, o que é ordenado — são talvez duas posições vizinhas demais para que, entre elas, a ideia de liberdade não se visse em apuros, e era nessa direção que se moviam os incentivos que o *cavaliere* entremeava com golpes de chicote e ordens, mesclando efeitos que eram o seu segredo a outros, psicologicamente inquietantes.

— *Balla!* — dizia. — Quem se tortura de tal modo? O senhor chama de liberdade essa violação a si mesmo? *Una ballatina!* Todos os seus membros clamam por isso. Que bom será deixá-los enfim à vontade! Pronto, o senhor já está dançando! Não há mais luta, agora já é o prazer!

E assim era, os trancos e solavancos tomaram posse do corpo do renitente, ele erguia os braços, os joelhos, de repente todas as suas articulações se soltaram, ele atirava os membros, dançava, e assim o *cavaliere*, enquanto as pessoas aplaudiam, conduziu-o ao palco, para pô-lo em fila com as demais marionetes. Agora se via o rosto do subjugado, estava escancarado lá em cima. Dava um sorriso largo, com olhos semicerrados, enquanto "se divertia". Era um certo consolo ver que estava claramente melhor agora do que quando bancava o orgulhoso...

Pode-se dizer que o seu "caso" marcou época. Com ele quebrou-se o gelo, o triunfo de Cipolla chegou ao auge; a vara de Circe, aquela vergasta sibilante de couro, com cabo em forma de garra, reinava absoluta. No momento que tenho em mente, e isso devia ser bem mais que meia-noite, dançavam no pequeno palco oito ou dez pessoas, mas também na própria sala havia movimento de todo tipo, e uma anglo-saxã com pincenê e dentes compridos, sem que o mestre nem sequer tivesse se ocupado dela, havia saído de sua fileira para executar no corredor central uma tarantela. Enquanto isso, Cipolla sentava-se displicente numa cadeira de palha à esquerda do palco, tragando a fumaça de um cigarro e tornando a expeli-la arrogante através de seus dentes feios. Balançando o pé e rindo às vezes com os ombros, observava a dissolução da sala e, de tempos em tempos, meio voltado para trás, fazia sibilar o chicote contra um daqueles que saracoteava e cujo entusiasmo minguava. As crianças estavam acordadas nessa altura. Menciono-as com vergonha. Não era bom estar ali, para elas muito menos, e que ainda não as tivéssemos levado embora, só posso explicá-lo por uma espécie de contágio do desleixo geral que também nos acometeu naquela hora da noite. Mas agora tudo dava no mesmo. Aliás, graças a Deus, faltava-lhes o senso para o quanto havia de infame nessa diversão noturna. A inocência delas era fonte sempre nova de êxtase com a permissão excepcional de assistir a um espetáculo como aquele, a soirée de um ilusionista. Haviam novamente dormido por quinze minutos sobre os nossos joelhos e, agora, com bochechas rosadas e olhos embriagados, riam de coração dos saltos que o senhor da noite fazia as pessoas darem. Não haviam pensado que aquilo seria tão divertido, com mãozinhas desajeitadas tomavam parte, alegres, em cada aplauso. Porém, de puro deleite, saltaram de suas cadeiras, à maneira delas, quando Cipolla acenou ao amigo delas Mário, o Mário do Esquisito — um aceno como manda o figurino, mantendo a mão diante do nariz e, alternadamente, esticando e dobrando em gancho o dedo indicador.

Mário obedeceu. Ainda o vejo subir os degraus até o *cavaliere*, que continuava a acenar com o dedo indicador naquele modo grotescamente exemplar. Em dado instante, o jovem hesitou, também disso me recordo com precisão. Durante o espetáculo, ele permanecera com os braços cruzados ou as mãos no bolso de sua jaqueta, apoiado numa pilastra de madeira do corredor lateral, à nossa esquerda, onde estava também o *giovanotto* com o penteado bélico, e seguira os números, até onde tínhamos visto, com atenção, mas sem grande hilaridade e sabe Deus com quanto entendimento. Ao fim e ao cabo, ser ainda exortado a colaborar visivelmente não lhe era agradável. Contudo, era mais que compreensível que obedecesse ao aceno. Isso era próprio de sua profissão; e, além disso, seria impossível, do ponto de vista psicológico, que um rapaz tão simples como ele negasse obediência ao sinal de um homem tão entronizado no sucesso, como se encontrava Cipolla àquela altura. Gostasse ou não, ele se soltou da pilastra, agradeceu àqueles que lhe estavam na frente e olhavam à volta para lhe ceder o passo, e subiu ao palco, com um sorriso desconfiado, abrochando os lábios.

Imagina-o como um jovem baixote de vinte anos, com cabelo cortado rente, testa curta e pálpebras muito pesadas sobre os olhos, cuja cor era um cinza indefinido com toques de verde e amarelo. Sei bem disso, pois havíamos falado várias vezes com ele. A parte superior do rosto, com um nariz achatado e salpicado de sardas, recuava diante da inferior, dominada pelos lábios carnudos, entre os quais se viam os dentes úmidos enquanto falava, e esses lábios túrgidos, junto com os olhos velados, emprestavam à sua fisionomia uma melancolia primitiva, que foi justamente a razão pela qual desde o princípio nos afeiçoamos a Mário. Não havia nada de brutalidade em sua expressão; a ela já se oporiam a incomum fineza e delicadeza de suas mãos, que, mesmo entre os meridionais, chamavam atenção por sua nobreza e pelas quais se era servido com gosto.

Nós o conhecíamos como ser humano, sem conhecê-lo intimamente, se me permites a distinção. Nós o víamos quase diariamente e havíamos tomado certo interesse pelo seu modo sonhador, a distrair-se facilmente, o que ele corrigia com ligeira transição por meio de uma particular solicitude; ela era séria, quando muito sorridente por causa das crianças, não mal-humorada, mas isenta de adulação, sem amabilidade premeditada, ou melhor: ela renunciava à amabilidade, não dava claramente nenhuma esperança de agradar. A sua figura de todo modo nos teria ficado na memória, uma daquelas discretas recordações de viagem que se conservam melhor do que muitas outras de maior relevo. De suas condições de vida, porém, nada mais sabíamos senão que o seu pai era um pequeno escriturário no *município*, e a sua mãe, lavadeira.

A jaqueta branca do serviço lhe caía melhor do que o terno descorado, de tecido leve, listrado, com que ele agora subia ao palco, sem colarinho, mas com um lenço de seda moiré em volta do pescoço, sobre cujas pontas o paletó se fechava. Aproximou-se do *cavaliere*, mas este não parava de mover o dedo em gancho diante do nariz, de modo que Mário chegou ainda mais perto, ao lado das pernas do poderoso, quase encostado à cadeira, após o que Cipolla, de cotovelos esticados, pegou-o e o pôs numa posição que lhe pudéssemos ver o rosto. Examinou-o de alto a baixo, indolente, soberano e divertido.

— Mas então, *ragazzo mio*? — disse. — Demoramos tanto assim a nos conhecer? E, no entanto, podes crer em mim que te conheço há tempos... Pois é, há tempos te tenho sob a vista e me certifiquei das tuas excelentes qualidades. Como pude me esquecer de ti? Tantos negócios, sabes... Mas me diz, como te chamas? Só o prenome eu quero saber.

— Me chamo Mário — respondeu o jovem em voz baixa.

— Ah, Mário, muito bem. Sim, o nome nós temos. Um nome difundido. Um nome antigo, um daqueles que mantém vivas as tradições heroicas da pátria. Bravo. Salve!

E, de seu ombro torto, esticou em diagonal o braço e a mão espalmada, em saudação romana. Se estava um pouco bêbado, isso não era de admirar; porém continuava a falar como antes, com modulação muito clara e fluente, ainda que a essa altura os seus modos e também o seu tom tivessem um quê de paxá, um toque de fastio, refestelo e vanglória.

— Pois então, meu caro Mário — prosseguiu —, que bom que tenhas vindo na noite de hoje e ainda por cima estejas usando um lenço tão vistoso, que combina de forma excelente com o teu rosto e não te será de pouco proveito com as garotas, as adoráveis garotas de Torre di Venere... — Dos lugares em pé, na geral, próximo de onde o próprio Mário estivera, ressoou uma risada — quem a deu foi o *giovanotto* de penteado marcial, lá estava ele com a jaqueta sobre o ombro e ria — Haha! — de forma bem tosca e irônica.

Mário encolheu os ombros, acho eu. De todo modo, encolheu-se. Talvez tenha, na verdade, se crispado e o movimento dos ombros não passasse de um disfarce posterior, feito pela metade, com o qual pretendia dar a ver que o lenço tanto quanto o belo sexo lhe eram indiferentes.

O *cavaliere* baixou um olhar fugaz à plateia.

— Não nos preocupemos com aquele ali — disse —, está com inveja, provavelmente do sucesso do teu lenço com as garotas, talvez também porque nós estejamos conversando aqui em cima tão amigavelmente, tu e eu... Se ele quiser, posso lembrá-lo da cólica. Não me custa nada. Mas me diga uma coisa, Mário: tu te divertes esta noite... E de dia trabalhas numa loja de miudezas?

— Num café — corrigiu o jovem.

— Ora, num café! Só para variar, Cipolla errou o alvo. És um garçom, um copeiro, um ganimedes; isso me agrada, outra reminiscência da antiguidade: *salvietta!* — E, dizendo isso, o *cavaliere* tornou a esticar o braço em saudação, para gáudio do público.

O próprio Mário sorriu.

— Mas antes — interveio para ser honesto — trabalhei algum tempo numa loja em Portoclemente. — Havia em sua observação um quê do desejo humano de coadjuvar uma profecia, extrair-lhe algo de certeiro.

— Pois não, pois não! Numa loja de miudezas!

— Lá tinha pentes e escovas — retrucou Mário evasivamente.

— Não disse que nem sempre foste um ganimedes, que nem sempre trabalhaste com o guardanapo? Mesmo quando Cipolla erra o alvo, ele o faz de maneira a inspirar confiança. Diz, tens confiança em mim?

Movimento indeciso.

— Uma meia resposta — constatou o *cavaliere*. — Sem dúvida é difícil conquistar a tua confiança. Bem vejo que mesmo eu não consigo isso facilmente. Percebo no teu rosto um traço de introspecção, de tristeza, *un tratto di malinconia...* Mas me diz — e segurou persuasivo a mão de Mário —, tens mágoas?

— *Nossignore!* — respondeu ele rápido e contundente.

— Tens mágoas — teimou o charlatão, superando essa contundência de forma autoritária. — Não era para eu ver? Estás escondendo alguma coisa do Cipolla? Obviamente são as garotas, é uma garota. Tens mágoas de amor.

Mário balançou vivamente a cabeça. Ao mesmo tempo, soou outra vez ao nosso lado a risada brutal do *giovanotto*. O *cavaliere* voltou o ouvido. Os seus olhos passeavam vagos pelo ar, mas o ouvido mantinha-se voltado para a risada, e então, como já o havia feito por uma ou duas vezes durante a sua conversa com Mário, ele fez sibilar meio de costas o chicote contra a brigada dos saracoteadores, a fim de que nenhum afrouxasse o fervor. Nisso, o seu parceiro quase lhe escapara, pois, numa guinada repentina, este se desviou dele e rumou para os degraus. Tinha os olhos cingidos de vermelho. Cipolla agarrou-o a tempo.

— Alto lá! — disse. — Era o que me faltava. Queres dar no pé, Ganimedes, no melhor momento ou pouco antes dele? Se ficares aqui, prometo-te coisas formidáveis. Prometo-te que te convencerei da ausência de fundamento de tua mágoa. Essa garota que conheces e que outros também conhecem, essa — como se chama mesmo? Espera! Leio o nome em teus olhos, tenho-o na ponta da língua, e tu também, posso vê-lo, estás a ponto de pronunciá-lo...

— Silvestra! — gritou de baixo o *giovanotto*.

O *cavaliere* permaneceu impassível.

— Não é que há gente intrometida? — perguntou sem olhar para baixo, antes imperturbável no diálogo com Mário. — Não é que há galos impertinentes, que cantam no momento oportuno e inoportuno? Eis que ele nos tira o nome dos lábios, a ti e a mim, e, ainda por cima, acredita, o vaidoso, ter sobre ele um direito especial. Não façamos caso dele! Sim, mas a Silvestra, a tua Silvestra, diz lá, que garota, não?! Um verdadeiro tesouro! O coração da pessoa para de bater quando a vê caminhar, respirar, rir, tão encantadora ela é. E aqueles braços roliços quando ela se põe a lavar, jogando a cabeça para trás e sacudindo os cabelos da testa! Um anjo do paraíso!

Mário o fitava com a cabeça espichada para a frente. Parecia ter esquecido de sua posição e do público. As manchas vermelhas ao redor dos olhos haviam crescido e davam a impressão de terem sido pintadas. Raras vezes vi isso. Os seus lábios carnudos estavam entreabertos.

— E ele te causa mágoas, esse anjo — prosseguiu Cipolla —, ou melhor, és tu que sentes mágoa por causa dele...

Há uma diferença, meu caro, uma profunda diferença, crê em mim! No amor há mal-entendidos; pode-se dizer que o mal-entendido em parte alguma se acha tão em casa quanto nele. Tu dirás, o que Cipolla entende de amor, ele com o seu pequeno defeito físico? Ledo engano, ele entende é muito, entende com toda extensão e profundidade, convém lhe prestar ouvidos em questões amorosas! Mas deixemos o Cipolla para lá, deixemo-lo de fora do jogo e pensemos apenas em Silvestra, a tua encantadora Silvestra! Como? Era para ela preferir a ti um galo cacarejante qualquer, para que ele ria e tu chores? Preferi-lo a ti, um rapaz tão sentimental e simpático? É pouco provável, é impossível, nós bem sabemos, o Cipolla e ela. Se me ponho no lugar dela, vês, e tenho a escolha entre um cafajeste de tão maus bofes, um peixe salgado e fruto do mar como aquele, e um Mário, um cavaleiro do guardanapo, que se move em meio aos fidalgos, que estende desenvolto refrescos aos estrangeiros e me ama com verdadeiro, caloroso afeto, ah, por Deus, a decisão não é difícil ao meu coração, sei bem a quem devo ofertá-lo, o único a quem faz tempo já o ofertei de forma exclusiva, corando. É hora que ele veja e compreenda isso, meu escolhido! É hora que me vejas e reconheças, Mário, meu amor... Diz, quem sou eu?

Era horrível como o impostor se fazia de charmoso, meneava coquete os ombros tortos, revirava os olhos empapuçados e mostrava os dentes lascados em doce sorriso. Ah, o que era feito, afinal, de nosso Mário durante aquelas palavras ofuscantes? Difícil me será dizê-lo, tal como difícil me foi vê-lo, pois era uma revelação do que há de mais íntimo, a exibição pública de uma paixão tímida e loucamente venturosa. Ele mantinha as mãos dobradas diante da boca, os seus ombros subiam e desciam em violenta respiração. Decerto não acreditava nos próprios olhos e ouvidos de tanta felicidade, esquecendo-se deste único senão, de que de fato não devia lhes dar crédito. — Silvestra! — soprou subjugado, do mais profundo do peito.

— Beija-me! — disse o corcunda. — Crê, tu podes! Eu te

amo. Beija-me aqui — e mostrou com a ponta do dedo indicador, esticando mão, braço e mindinho, a sua face, perto da boca. E Mário se inclinou e o beijou.

Fez-se um silêncio profundo na sala. O momento era grotesco, monstruoso e palpitante — o momento da bem-aventurança de Mário. Não logo de início, mas imediatamente depois da triste e esdrúxula união dos lábios de Mário com a carne repugnante que se impingia à sua ternura, o que se pôde ouvir nesse intervalo aflitivo, no qual todas as relações de felicidade e ilusão se impuseram ao sentimento, foi a risada do *giovanotto* à nossa esquerda, a única a libertar-se da espera: brutal, perniciosa e, no entanto, ou então muito me engano, não sem uma sugestão e um toque de piedade por um revés de algo tão devaneado, não de todo sem a reverberação daquele grito *"Poveretto!"*, que antes o mágico declarara estar equivocadamente endereçado e arrogara para si próprio.

Ao mesmo tempo, enquanto esse riso ainda ressoava, o acariciado em cima fez sibilar o chicote embaixo, ao lado do pé da cadeira, e Mário, desperto, teve um sobressalto e deu um passo em recuo. Estacou e fitou, o corpo fletido para trás, premiu as mãos em seus lábios ultrajados, uma sobre a outra, então golpeou várias vezes as têmporas com os nós dos dedos, deu meia-volta e precipitou-se degraus abaixo, enquanto a sala aplaudia e Cipolla, as mãos dobradas no colo, ria com os ombros. Lá embaixo, em plena carreira, volveu-se de pernas afastadas, arremessou o braço para cima e duas detonações de surdo fragor trespassaram aplauso e riso.

Súbito se fez silêncio. Até mesmo os que requebravam ficaram imóveis e esbugalharam os olhos, pasmos. Cipolla saltara de um pulo da cadeira. Estava ali de pé, com braços esticados para o lado, em defesa, como se quisesse gritar: "Alto lá! Silêncio! Fora daqui! Que é isso?!", no instante seguinte desmoronou sobre a cadeira, a cabeça rebolando sobre o peito, e, depois de outro instante, tombou de lado, ao chão, onde ficou deitado, imóvel, um feixe amontoado de roupas e ossos retorcidos.

O tumulto não tinha limites. Senhoras em convulsão ocultavam o rosto no peito de seus companheiros. Clamou-se por um médico, pela polícia. Tomou-se o palco de assalto. Caiu-se em peso sobre Mário, para desarmá-lo, para arrancar-lhe o pequeno mecanismo de metal rombo, em vago formato de pistola, que lhe pendia da mão e cujo cano quase inexistente havia guiado o destino em direção tão estranha e imprevista.

Pegamos — até que enfim — as crianças e as puxamos para a saída, cruzando com a dupla de *carabinieri* que entrava. — Aquele foi então o final? — quiseram saber, para se certificarem... — Foi, aquele foi o final — confirmamos. Um final de terror, um final de fatalidade extrema. E um final, no entanto, libertador: não pude e não posso deixar de senti-lo assim!

POSFÁCIO
A hipnose do fascismo

Marcus Vinicius Mazzari

O fenômeno do fascismo, que parece não se limitar às catástrofes do século xx, encontrou na obra de Thomas Mann (1875--1955) uma de suas representações literárias mais expressivas e multifacetadas. Redigida em 1929 e publicada no ano seguinte, a novela *Mário e o mágico* pode ser considerada uma das primeiras obras da literatura mundial que captaram com precisão, ainda que em larga medida de maneira antes intuitiva do que consciente, aspectos fundamentais da mentalidade que propiciou o alastramento desse fenômeno nos anos 1920 e 1930, particularmente a consolidação dos regimes totalitários de Benito Mussolini e Adolf Hitler. Mas a percepção do pioneirismo da novela de Thomas Mann (a segunda ambientada na Itália, pois *A morte em Veneza* aparecera já em 1912) na representação do fascismo só começou a se impor no decorrer da década de 1930, à medida que se foram desvendando os verdadeiros princípios e objetivos dessa ideologia assim como, mais tarde, a real escala das atrocidades cometidas pelas milícias de extrema direita na Itália (como a *Milizia volontaria per la sicurezza nazionale*) e, sobretudo, na Alemanha nacional-socialista.

Essa afirmação pode ser ilustrada com as apreciações que o próprio Thomas Mann nos foi oferecendo de *Mário e o mágico* ao longo dos anos. Em abril de 1932, nove meses antes de Hitler ascender ao poder, o autor preferia localizar a obra mais no âmbito ético-moral do que político, conforme explicitou numa carta ao tradutor tcheco Bedřich Fučík:

> No que diz respeito a *Mário e o mágico*, não gosto quando as pessoas veem essa narrativa como uma sátira política. Com isso se lhe atribui uma esfera na qual ela se situa, quando muito, com uma pequena parcela de seu ser. Não quero negar que pequenos realces políticos e alusões contemporâneas estejam presentes, mas o político é um conceito amplo, que sem delimitações precisas transborda para os problemas e o campo do ético; e, abstraindo-se do elemento artístico, eu preferiria enxergar o significado da pequena história antes no terreno ético do que no político.

Em contrapartida, quinze anos mais tarde, o escritor, que concluía então seu grandioso romance sobre o nacional-socialismo (*Doutor Fausto*), nos apresenta um juízo diferente, pois marcadamente político. Numa carta datada de 20 de abril de 1947 (à qual se voltará adiante), Thomas Mann observa:

> Eu próprio ainda tenho uma predileção por essa história. Quando a escrevi, não acreditava que Cipolla fosse possível na Alemanha. Eu superestimei patrioticamente minha nação. A suscetibilidade com que a crítica recebeu a narrativa já deveria ter me mostrado para qual direção as coisas caminhavam e o que não seria possível no povo com a formação mais refinada — exatamente nesse povo.

I. A GÊNESE DE *MÁRIO E O MÁGICO*

Assim como a grande maioria das produções literárias de Thomas Mann, também *Mário e o mágico* possui forte substrato autobiográfico, com sua gênese remontando a uma temporada de férias, entre 18 de agosto e 13 de setembro de 1926, que o escritor passou com a esposa, Katia, e os dois filhos caçulas, Elisabeth e Michael (respectivamente oito e nove anos de idade), num balneário em Forte dei Marmi, no mar da Ligúria, Toscana. Nos primeiros dias, a família está hospedada no Grand Hotel da pequena comuna, mas, em virtude de incidentes desagradáveis, se vê constrangida a deixar o hotel e se muda então para outro estabelecimento, a Pensione Regina. Também no espaço público da praia, a família estrangeira sofre constrangimentos, como a multa que é obrigada a pagar à comunidade após a pequena Elisabeth despir o maiô para limpá-lo da areia, ferindo assim a "moral" da nova Itália. A esses acontecimentos alude Thomas Mann, numa carta de 7 de setembro ao poeta e dramaturgo Hugo von Hofmannsthal, ao descrever o clima reinante no balneário nesse quinto ano com o *duce* à frente do governo (1926 marca, na história italiana, a consolidação do totalitarismo fascista) — isto é, o nacionalismo "tenso, desagradável, xenófobo" que passará mais tarde para a ficção novelística. E na narrativa nos depararemos também com a transfiguração de outra vivência da família Mann durante o veraneio em Forte dei Marmi (que na ficção se transforma em Torre di Venere): a visita a um espetáculo protagonizado pelo famoso ilusionista e hipnotizador italiano Cesare Gabrielli (1881-1943), que em outubro de 1922 participara ativamente da chamada "Marcha sobre Roma", tentativa de golpe de Estado perpetrada por Mussolini.

De volta a Munique, Thomas Mann retoma um projeto épico que fora iniciado apenas dois meses antes (em junho de 1926) e cujo objetivo seria, como o romancista se expressou numa carta de setembro de 1941 ao filólogo e mitólogo Karl Kerényi, "tirar o mito das mãos do fascismo intelectual e amoldá-lo à esfera do humano": trata-se da monumental tetralogia *José e seus irmãos*, que será concluída apenas em 1943, com a publicação do volume sobre a atuação de José como "provedor" do Egito (conforme o título do quarto romance: *José, o provedor*). Inteiramente absorvido por esse projeto épico-bíblico, não há espaço por enquanto para transformar em literatura os desagradáveis eventos do verão de 1926. Mas isso se torna possível três anos mais tarde, quando o autor da *Montanha mágica* e dos *Buddenbrook* (pelo qual lhe é outorgado nesse mesmo ano o prêmio Nobel) passa as férias estivais novamente junto ao mar, desta vez no balneário báltico de Rauschen (hoje Swetlogorsk, na região russa de Kaliningrado). Não tendo levado em sua bagagem o vastíssimo material de pesquisa que embasava a redação do ciclo épico *José e seus irmãos*, Mann se põe a redigir uma história em torno dos acontecimentos, três anos atrás, em Forte dei Marmi. Sob os influxos "de um contato sossegado, íntimo com o mar" (numa formulação de *A morte em Veneza*)* e exposto assim ao elemento épico por excelência, o trabalho flui com desenvoltura, conforme lemos no relato autobiográfico "On Myself":

> Diante do mar e da agitação da praia, deixei que da anedota se desprendesse o enredo; da descontraída expansão verbal, [se desprendesse] a narrativa depurada; do elemento privado, o ético-simbólico — ao mesmo tempo que era tomado ininterruptamente por um espanto venturoso diante desse mar que logra absorver toda atribulação humana e dissolvê-la em sua amada dimensão descomunal.

Essas palavras foram apresentadas em 1940 a estudantes da Universidade de Princeton, mas, já algumas semanas após a publicação da novela, Thomas Mann revela ao crítico Otto von Hoerth (em carta de 12 de junho de 1930) detalhes mais precisos sobre o processo pelo qual desentranhou o enredo novelístico dos aspectos anedótico-biográficos. Não só o mágico "estava lá e se comportou exatamente como descrevi", mas também o garçom Mário teria sido de fato hipnotizado por Cesare Gabrielli, porém sem que seu íntimo tivesse sido exposto com escárnio ao público, uma vez que, segundo o autor da novela, ele não estava amando e o belicoso *giovanotto* na plateia não era, portanto, seu rival vitorioso. A rigor, portanto, apenas os incidentes que levam ao desfecho trágico da história teriam sido,

---

* Thomas Mann, *A morte em Veneza e Tonio Kröger*. Trad. de Herbert Caro e Mário Luiz Frungillo. São Paulo: Companhia das Letras, 2015, p. 24.

em sua totalidade, livre invenção do narrador, pois "na verdade, depois do beijo, Mário foi embora envolto em cômico envergonhamento; e no dia seguinte, voltando a nos servir o chá, mostrou-se extremamente satisfeito e pleno de reconhecimento pelo trabalho de 'Cipolla'".* Na sequência, Thomas Mann acrescenta resumindo que na "vida real a coisa se deu de maneira menos apaixonada do que como apresentada por mim", ou seja, o escritor alemão parece corroborar aqui a afirmação rosiana de que "no real da vida, as coisas acabam com menos formato, nem acabam", para trazer à lembrança as palavras que lemos em *Grande sertão: veredas* sobre a "continuação inventada" do pacto de Faustino com Davidão.

Se, todavia, as frustrantes férias da família Mann no balneário ligúrio terminaram "com menos formato", sem derramamento de sangue, vale acrescentar agora que nem mesmo os tiros que emprestam à história narrada em *Mário e o mágico* o elemento "inaudito", que na teoria literária alemã caracteriza toda genuína "novela" (*Novelle*), nem mesmo eles brotaram da imaginação do autor, mas de certo modo também do "real da vida". Pois ao narrar em Munique, em meio ao círculo familiar, a sessão de hipnose a que o garçom fora submetido pelo mágico Gabrielli em Forte dei Marmi, Thomas Mann ouve de sua filha mais velha, Erika (1905-69), as palavras: "Eu não me teria surpreendido se ele o tivesse matado com um tiro". Nesse exato momento terá se cristalizado a concepção da magistral novela que — tendo o enredo, com sua "continuação inventada", se desentranhado da anedota — irá passar ao papel três anos mais tarde, durante as férias de verão no balneário báltico.

---

* O nome Cipolla ("cebola", em italiano) pode ter sido inspirado por uma novela (10ª da 6ª jornada) do *Decamerão*, protagonizada pelo falsário e pregador fraudulento Frate Cipolla. "Cipolla" faz ressoar ainda o nome do sinistro vendedor de aparelhos ópticos Coppola (*coppo*, em italiano: copo e também cavidade ocular), que, na narrativa de E. T. A. Hoffmann *O homem da areia*, destrói, pela força hipnótica dos olhos, a existência do jovem Natanael.

II. A PERSPECTIVAÇÃO NOVELÍSTICA

A associação do "evento inaudito" ao gênero novela provém, como tanta coisa na tradição literária alemã, de Goethe. Comentando com Johann Peter Eckermann, numa conversa datada de 29 de janeiro de 1827, as diferenças estruturais entre o que seria "novela" e uma simples narrativa, o poeta pronunciou as palavras: "Pois o que é uma novela senão a ocorrência de um evento inaudito? Esse é o conceito exato e, assim, muita coisa que circula na Alemanha sob o título de novela não é novela coisa alguma, é simplesmente conto, ou que outro nome o senhor preferir".*

Consciente desse "conceito exato", Thomas Mann se referirá, por exemplo, ao texto "A lei", que escreve em 1943 a pedido de um agente literário (seu único trabalho realizado sob "encomenda"), como *Erzählung*, "narrativa";** em relação, porém, à *Morte em Veneza*, com seu enredo girando em torno da "inaudita" paixão erótica de um escritor maduro por um adolescente, a designação de gênero empregada é *Novelle*.***

Também outros traços estilísticos que, na tradição literária alemã, constituem o gênero novelístico podem ser vislumbrados em *Mário e o mágico*: condução retesada da ação, que segue um único fio narrativo; construção rigorosa do enredo, com exposição aglutinante preparada desde o início com vista ao evento inaudito; emprego de antecipações e técnicas de integração como símbolos-coisas, "motivos condutores" (*leitmotiven*) etc. Enciclopédias e léxicos literários alemães costumam apresentar ainda a forma do "relato de extensão média" como

---

* Johann Peter Eckermann, *Conversações com Goethe nos últimos anos de sua vida 1823--1832*. Tradução de Mário Luiz Frungillo. São Paulo: Editora Unesp, 2016, p. 224.
** Em 18 de janeiro de 1943, o escritor registra em seu diário o início da redação dessa narrativa. E em 13 de março: "Concluí pela manhã a narrativa 'A lei' na página 93".
*** Por exemplo, já numa carta de 18 de julho de 1911 a Philipp Witkop, Thomas Mann se refere a uma "novela tratando, num tom sério e puro, de um caso de pederastia (*Knabenliebe*) por parte de um artista em processo de envelhecimento".

elemento construtivo mais adequado na plasmação de um enredo que deve desenvolver-se sob a lei da concentração rigorosa no "inaudito".*

"A novela precisa ter um pontal que se sobressaia, um foco concentrado no qual um determinado acontecimento seja posto sob luz clara e precisa", escreveu o romântico Ludwig Tieck (1773-1853), autor de várias novelas exemplares, entre as quais uma sobre Camões (*A morte do poeta*). E no prefácio à antologia *Deutscher Novellenschatz* [Tesouro da novelística alemã], publicada em 24 volumes entre 1871 e 1875, Paul Heyse (prêmio Nobel de literatura em 1910) e Hermann Kurz postulam que toda autêntica novela deve se distinguir por um "falcão", isto é, uma "silhueta" que a torne inconfundível e inesquecível ao leitor.**

Veja-se que, se do prisma goethiano, os tiros que eliminam o hipnotizador Cipolla constituiriam o "evento inaudito" imprescindível ao gênero (conforme a exposição anotada por Eckermann), Heyse e Kurz enxergariam nessas mesmas detonações o "falcão" que deve incrustar *Mário e o mágico* indelevelmente na memória do leitor. Variações terminológicas à parte, comum às diferentes tentativas de apreensão teórica dessa forma épica que remonta ao surgimento, no século XIV, do *Decamerão*, é a ênfase na construção rigorosa e tensionada do enredo ficcional, procedimento que aproximaria esse enredo, conforme observação do novelista Theodor Storm, das determinações sob as quais a *Poética* aristotélica concebeu a tragédia: "A 'novela' é, entre as formas literárias em prosa, a mais rigorosa e fechada, é a irmã do drama".***

---

* Conforme consta do verbete *"Novelle"* em manuais como os de Josef Kunz (*Formen der Literatur*. Stuttgart: Knörrich, 1981, pp. 260-71) e Dieter Lamping (*Handbuch der literarischen Gattungen*. Stuttgart: Kröner, 2009, pp. 540-9).

** Essa "Teoria do Falcão" se baseia, portanto, na novela sobre Federigo degli Alberighi, narrada pela jovem Fiammetta na quinta jornada do *Decamerão* de Boccaccio.

*** Essas palavras aparecem numa carta de 14 de agosto de 1881 a Gottfried Keller, autor de extraordinárias novelas, entre as quais *Romeu e Julieta na aldeia*. (Em *Tonio Kröger*, Thomas Mann presta homenagem a Theodor Storm e sua novela *Immensee*, de 1849: Thomas Mann, *A morte em Veneza e Tonio Kröger*, op. cit, p. 102.)

Se entre a novela e o drama vigoram de fato profundas afinidades, talvez possamos pensar *Mário e o mágico* à luz dos cinco atos que tradicionalmente estruturam uma peça dramática. Nessa perspectiva, teríamos de início a apresentação geral da história que será narrada de forma contínua, sem divisão por capítulos ou segmentos de qualquer espécie. De modo algo críptico, pois ainda opaco para o leitor, o novelista aglutina, nessa exposição introdutória, os dois grandes complexos narrativos do relato sobre a "experiência trágica de viagem" que figura no subtítulo, ou seja, a atmosfera reinante em Torre di Venere e a obscura "catástrofe" (termo central da *Poética* de Aristóteles) que irá se produzir na sala de espetáculos, com o número de Cipolla:

> A lembrança de Torre di Venere evoca uma atmosfera desagradável. Raiva, irritabilidade, tensão exacerbada pairavam no ar desde o início e, por fim, veio o choque com aquele terrível Cipolla, em cuja pessoa a peculiar maldade daquele ambiente parecia corporificar-se do modo mais fatídico, ou mesmo prodigioso do ponto de vista humano, e concentrar-se de maneira ameaçadora. As próprias crianças terem estado presentes ao final de terror (um final, assim nos pareceu mais tarde, predeterminado e conforme a essência das coisas) foi uma incongruência triste e fruto de um equívoco, por culpa das imposturas daquele estranho homem. Graças a Deus elas não entenderam em que ponto terminava o espetáculo e começava a catástrofe, e as deixamos na feliz ilusão de que tudo não passara de teatro.

O segundo ato do drama corresponderia à narração do clima reinante em Torre di Venere, uma atmosfera de exacerbado nacionalismo, temperado por componentes irracionalistas e, ademais, sob "um calor africano: o reinado de terror do sol". Relatam-se as discriminações que a família estrangeira sofre não só no Grand Hôtel, mas também na praia, dominada, entre outras aberrações, pelo "fenômeno artificial e degradante" de crianças patrióticas.

Transcorridos dois terços das férias — e então nos encontraríamos no terceiro ato —, o tempo muda com a chegada do *scirocco* (que também em *A morte em Veneza* confere uma nova inflexão ao enredo), e o novelista nos conduz à sala de espetáculos onde transcorrerão os dois atos subsequentes em que se desdobra a performance do *Cavaliere Cipolla*. A manipulação a que o ilusionista submete o público começa já com o retardamento calculado de sua entrada no palco, lembrando as manipulações executadas por líderes fascistas.* A tática visa gerar a expectativa que será satisfeita, por fim, com a aparição abrupta do astro, numa marcha acelerada que "desperta a ilusão de que o recém-chegado já percorrera um longo trecho nesse ritmo". Logo ocorre uma primeira escaramuça com o *giovanotto* que será hipnotizado e sugestionado a mostrar a língua ao público. Em seguida, são oferecidos os primeiros números mágicos da noite: adivinhações com cálculos de aritmética e cartas de baralho, triunfos telepáticos, como a descoberta do alfinete incrustado no sapato de uma senhora inglesa e que Cipolla entrega na sequência à *signora* Angiolieri, proprietária da simpática *pensione* para a qual se mudara a família do narrador após os contratempos no hotel. A transição para o eventual quarto ato se articula com a chegada do intervalo, o relógio já avançando para além das onze da noite, horário inteiramente inapropriado para as crianças, num dos *leitmotiven* acionados pelo novelista, ao lado do recurso recorrente de Cipolla ao chicote com cabo em forma de garra (que também pode ser visto como símbolo-coisa, *Dingsymbol*, característico da novela na tradição alemã), assim como à tacinha de conhaque e ao cigarro, que revigoram sistematicamente "o fogo de seus demônios".

---

* Num ensaio publicado em 1946 na revista americana *Germanic Review*, o crítico Henry C. Hatfield faz a seguinte observação: "Como os líderes fascistas, Cipolla surge com atraso deliberado diante de sua audiência e exibe a cinta listrada de uma notoriedade altamente duvidosa. Ele faz questão de ressaltar que o irmão do *duce* assistiu a uma de suas apresentações".

"Permite-me que eu resuma: aquele aleijão presunçoso foi o mais poderoso hipnotizador que encontrei em minha vida": com estas palavras o narrador abre então, encerrado o intervalo, o penúltimo ato da tragédia que tem lugar no balneário ligúrio. Trata-se, ao mesmo tempo, do ponto alto do espetáculo de magia, cujas principais vítimas serão agora a *signora* Angiolieri, o senhor romano que com todas suas forças busca em vão resistir à hipnose e, por fim, o garçom Mário, que desencadeia sobre o palco, no desfecho da história, a catástrofe cripticamente antecipada pelo novelista ao aludir, nas palavras de abertura, ao "final de terror" para o qual confluirá a história.

III. FINAL DE TERROR:
ÚLTIMO ATO DA "EXPERIÊNCIA TRÁGICA DE VIAGEM"

Retomada na frase conclusiva da novela, a expressão "final de terror" parece revestir-se de significado crucial para sua interpretação, sobretudo levando-se em conta que o narrador lhe acrescenta então um expressivo adjetivo: "E um final, no entanto, libertador: não pude e não posso deixar de senti-lo assim!".

Tenda a nossa compreensão de *Mário e o mágico* mais para o campo do político ou mais para o ético (na alternativa em que se moveram as apreciações do próprio autor), podemos descortinar à exegese uma fecunda perspectiva se relacionarmos retrospectivamente esse final "libertador" ao desejo acalentado por Thomas Mann ao longo do período nacional-socialista de que o povo alemão pudesse, por suas próprias forças, libertar-se de Adolf Hitler, do mesmo modo como o garçom Mário põe fim ao degradante espetáculo de hipnose coletiva sob o comando de Cipolla; ou então, no plano histórico, como o povo italiano, ainda que tardiamente, "eliminou" Mussolini. Respaldo para tal ilação oferece ainda a mencionada carta de 1947, com o autor afirmando que, ao escrever *Mário e o mágico* em 1929, "não acreditava que Cipolla fosse possível na Alemanha". Nessa chave de leitura, o desfecho da novela se revelaria enquanto exortação ao tiranicídio, a exemplo do que ocorre no drama de Friedrich Schiller sobre Guilherme Tell, que, com seu arco e flecha, assim como a pontaria certeira, liberta o povo suíço de um tirano (Hermann Gessler), que se impusera como alcaide geral (*Reichsvogt*) — um drama, aliás, cuja mensagem política foi corretamente entendida por Hitler, que em 1941 o baniu de todos os palcos alemães.

Na figura do "terrível Cipolla" — antecipa-nos o narrador em suas primeiras palavras —, a peculiar malignidade de Torre di Venere parecia corporificar-se e comprimir-se com especial intensidade. Mas em que consiste mais propriamente essa peculiar maldade catalisada pelo mágico? Na descrição da atmosfera reinante no balneário fictício — "raiva, irritabilidade, tensão exacerbada pairavam no ar desde o início" —, avulta em primeiro lugar o chauvinismo que, no plano empírico, Thomas Mann experimentou por ocasião das férias de 1926 em Forte dei Marmi, conforme expresso na carta a H. von Hofmannsthal. É certo que a novela capta, em consonância com as vivências da família Mann, o nacionalismo mussolinista em seus estágios iniciais, aparentemente ainda inofensivos. Por meio, contudo, dos diversos episódios que revelam a onipresença maciça do patriotismo no *piccolo mondo* do balneário ligúrio, o narrador de Thomas Mann aponta, à maneira de um sismógrafo, para os desdobramentos que se delineavam no horizonte histórico: logo a Itália de Mussolini, que já "fala grosso" no hotel e na praia de Torre di Venere, também estará "falando grosso" no cenário mundial, como entre nós glosou parodicamente Manuel Bandeira em seu "Rondó dos cavalinhos", de 1936, e o caminho estará franqueado para, da "nacionalidade", passar-se à "bestialidade".*

---

* Conforme as palavras com que o escritor austríaco Franz Grillparzer (1791-1872) exprimiu, em 1849, sua preocupação com o recrudescimento do nacionalismo: "O caminho da formação mais recente vai/ Da humanidade/ Através da nacionalidade/ Para a bestialidade". Ilustração para essa última etapa fornecem, no caso italiano, as atrocidades cometidas pelas tropas de Mussolini na Líbia e na Etiópia.

A imagem da Itália que transparece, em escala diminuta, em *Mário e o mágico* já não é mais a daquela Itália que Thomas Mann conhecera em anos anteriores, muito menos a imagem da generosa terra "em que florescem os limoeiros", no verso do poema "Mignon", com que Goethe abre o terceiro livro dos *Anos de aprendizado de Wilhelm Meister*. A primeira adversidade advinda da nova mentalidade que se apoderou funestamente do país, a família estrangeira a sente ao externar, logo na primeira noite no Grand Hôtel, o desejo de jantar na varanda envidraçada com vista para o mar. As mesas na varanda estão vazias, mas a resposta é direta e ríspida, pois aquele ambiente está exclusivamente reservado *ai nostri clienti*. "Nossos clientes?", pergunta-se resignadamente o narrador, mas que outra coisa seriam os quatro membros de sua família? E dá-se conta ao mesmo tempo que o garçom tem em mente, ao referir-se *ai nostri clienti*, a fina flor da sociedade florentina e romana, historicamente um dos sustentáculos da ascensão de Mussolini.

A próxima discriminação sofrida pela família não italiana traz à tona, mais claramente, os componentes irracionais que, via de regra, estão presentes na exaltação patriótica ou racial. A aristocrata romana, ouvindo no quarto ao lado a tosse das crianças do narrador, queixa-se à direção do hotel, no temor de que seus próprios filhos sejam contaminados *acusticamente* pela coqueluche. É o incidente que deflagra a mudança para a Pensione Eleonora, a despeito do diagnóstico médico afastando qualquer risco de contágio: tratava-se, assinala o narrador, de um "servo íntegro e leal da ciência" — como, aliás, aquele outro médico que, na *Morte em Veneza*, recusa-se a pactuar com o ocultamento da epidemia de cólera e, por isso, é substituído por uma "personalidade", talvez nem sequer ligada à medicina, mais subserviente.*

O respeito do narrador por esse médico "íntegro e leal" se reitera pouco depois na praia, quando é chamado para exa-

---

* Thomas Mann, *A morte em Veneza e Tonio Kröger*, op. cit., p. 74.

minar o "ferimento" do histriônico Fuggièro, menino de doze anos sempre se colocando no centro das atividades das "crianças patrióticas" que povoam a praia de Torre di Venere. Seria possível enxergar nesse garoto mimado e, sobretudo, de imensa teatralidade — atributo que, em grande escala, distinguirá a apresentação do mágico (para não falar das performances de Mussolini) — um fascista em miniatura? É claro que o narrador não faz essa afirmação de forma explícita, todavia ele não deixa de observar que o patriotismo infantil constitui um "fenômeno artificial e degradante". Desse modo, o narrador corrobora uma visão que Walter Benjamin articulou num ensaio cuja redação é concomitante à de *Mário e o mágico*: apontando para a vacuidade e para o caráter aviltante que subjazem a toda e qualquer doutrinação ideológica de crianças, Benjamin propõe nesse texto, "Programa de um teatro infantil proletário", uma pedagogia empenhada tão somente em "garantir às crianças a realização de sua infância", uma vez que "sobre esta idade apenas o verdadeiro pode atuar de maneira produtiva".*

A expressão "o verdadeiro", despertando associações com a ideia platônica do "bom, belo, justo", parece soar de forma demasiado genérica (efeito certamente buscado por Walter Benjamin), mas, por outro lado, não deixa de ser procedente afirmar que do "verdadeiro" não há o menor resquício na atmosfera chauvinista escancarada em *Mário e o mágico*. Examine-se, nesse sentido, a passagem em que o narrador, ao mesmo tempo que nos oferece a contraprova "artificial e degradante" à concepção pedagógica de Benjamin, prepara a narração do episódio da nudez da criança estrangeira, que fere a "honra" da nova Itália fascista e causa imenso escândalo entre os banhistas, não faltando o assobio estridente de Fuggièro. Da passagem se pode inferir que não apenas os adultos, mas — fenômeno ainda mais aberrante e grotesco — também as crianças italianas estão "cheias de si":

---

* In: Walter Benjamin, *Reflexões sobre a criança, o brinquedo e a educação*. Trad. de Marcus V. Mazzari. São Paulo: Duas Cidades/ Editora 34, 2002, pp. 111-9.

As crianças constituem uma espécie humana, uma sociedade em si mesma, uma nação própria, por assim dizer; ainda que o seu vocabulário exíguo pertença a línguas diversas, elas se reúnem no mundo de maneira fácil e necessária, com base numa forma comum de vida. Os nossos também logo passaram a brincar com os nativos, bem como com aqueles de outras origens. Mas era evidente que sofriam misteriosas desilusões. Havia suscetibilidades, manifestações de um orgulho que parecia melindroso e doutrinal demais para merecer tal nome, uma rixa por bandeira, questões polêmicas sobre reputação e primazia; os adultos intervinham menos para apaziguar do que para decidir e salvaguardar princípios, soltavam-se máximas sobre a grandeza e dignidade da Itália, máximas mal-humoradas, estraga-prazeres; víamos os nossos dois darem meia-volta pasmos e atônitos [...].*

Deslocando a ação novelística para a sala em que atua o *forzatore*, *illusionista* e *prestidigitatore* Cipolla, Thomas Mann não faz senão intensificar o clima de patriotismo difusamente presente em Torre di Venere, mostrando-o agora num patamar mais consciente e articulado. O mágico, afinal, catalisava em si — conforme antecipado no início da narrativa — tudo o que havia de opressivo e malsão no balneário provinciano (e também no macrocosmo italiano). Em consequência, a sala de espetáculo se transforma em "ponto de convergência de toda peculiaridade, esquisitice e tensão com que a atmosfera da temporada parecia carregada". Logo em seu primeiro discurso, após o incidente com o *giovanotto* subjugado de imediato pela hipnose, Cipolla rende tributo à "grandeza da pátria" ao mencionar seu "pequeno defeito físico" — outro importante *leitmotiv* da novela — que lhe impediu servir à nação italiana na guerra, acrescentando em seguida que em Roma lhe coube "a honra de ver entre os meus

---

* O fenômeno ignominioso de crianças patrióticas será mostrado por Günter Grass, num nível ainda mais violento do que o reinante na praia de Torre di Venere, no romance *O tambor de lata* (capítulo "O horário"), à luz de agressões morais e físicas que o primo polonês do eu-narrador Oskar Matzerath sofre no jardim de infância por parte de crianças alemãs já doutrinadas pela ideologia nacional-socialista (Günter Grass, *O tambor*. Trad. de Lúcio Alves. Rio de Janeiro: Nova Fronteira, 1982, p. 88).

espectadores o irmão do *duce*, numa das noites que lá me apresentei". O investimento narrativo no termo "honra" é notório e permite supor que Thomas Mann lhe tenha atribuído um significado central para compreender a nova mentalidade vigente no país. E se a honra italiana foi violada no episódio da nudez da criança na praia, ela também será conspurcada, na visão de Cipolla, pelo analfabetismo dos dois "rapagões rudes" chamados ao palco para participar do número de aritmética: "Escandaloso — disse frio e mordido. — Voltem aos seus lugares! Todos sabem escrever na Itália, nela, em sua grandeza, não há espaço para ignorância e obscuridade".

Uma vez restauradas a dignidade e a grandeza do país (pois o próximo jovem chamado ao palco sabe ler e escrever), a sessão de aritmética tem início, e números lançados pelo público são enaltecidos pelo mágico sempre que coincidem com grandes datas nacionais, assim como o nome Mário receberá lauréis patrióticos, na última fase do espetáculo, por evocar o grande estadista e comandante militar romano Caio Mário (157- 86 a.C.): "Um nome antigo, um daqueles que mantém vivas as tradições heroicas da pátria. Bravo. Salve!", exclama o mago erguendo o braço para a saudação romana. Embora a sala esteja ocupada em significativa parte por turistas estrangeiros, a primeira metade do espetáculo termina em apoteose quando Cipolla "advinha" o nome da pessoa à qual o passado da *signora* Angiolieri se encontra vinculado: "O nome? É necessário lhe dizer o nome daquela cuja fama ligou-se por tanto tempo à da pátria e com ela é imortal? Eleonora Duse — concluiu baixo e solene. [...] O aplauso foi análogo a um comício nacional".*

---

* Eleonora Duse (1858-1924) foi uma célebre atriz italiana, ao lado de Sarah Bernhardt, uma das mais admiradas de seu tempo. No capítulo "Ensombramento pudico", da *Montanha mágica*, a fisionomia ensombrecida de uma mulher (a mexicana apelidada "Tous-les-deux") desperta em Hans Castorp a lembrança dessa "famosa atriz trágica" (Thomas Mann, *A montanha mágica*. Trad. de Herbert Caro. São Paulo: Companhia das Letras, 2016, p. 51).

IV. NACIONALISMO E ENGAJAMENTO ANTIFASCISTA

Na abertura de um breve ensaio sobre *Mário e o mágico*, Anatol Rosenfeld ressaltou a importância de se ter em mente "que essa pequena obra-prima, tão tragicamente profética, apareceu em 1930", num momento, portanto, em que Hitler ainda não ascendera ao poder, mas já alcançava seus primeiros "êxitos ruidosos entre as massas alemãs". Rosenfeld acrescenta que na Itália, contudo, o fascismo florescia, e um único homem se apoderara misteriosamente "da alma de um povo com gloriosas tradições de cultura", conseguindo levá-lo sob hipnose "a ações profundamente contrárias à sua índole e tradição".*

Essa característica "tragicamente profética" que o crítico atesta à novela certamente pode ser estendida à representação de um nacionalismo que iria recrudescer a um grau extremo nos anos subsequentes, desempenhando importante papel na eclosão de um conflito que deixou um saldo de aproximadamente 60 milhões de mortos (sem contar as vidas perdidas de maneira indireta durante a Segunda Guerra Mundial).

Diante dessa lúcida advertência que emana de *Mário e o mágico*, não deixa de ser surpreendente que, ainda pouco antes da publicação, seu autor se arvorava em veemente defensor do nacionalismo germânico nas batalhas ideológicas travadas nos anos anteriores à Primeira Guerra e durante o próprio conflito. Por ter passado ele mesmo por tal experiência, Thomas Mann fez com que o surto de nacionalismo que se alastrou pelo país com a entrada da Alemanha na guerra, no início de agosto de 1914, engolfasse não apenas Hans Castorp, que se precipita do sanatório Berghof ao encontro da "festa universal da morte" nas planícies europeias, mas também, 23 anos após a publicação da *Montanha mágica*, Serenus Zeitblom, o eu-narrador do *Doutor Fausto* que em meio à euforia geral, reconstituída no capítulo xxx do romance, alista-se e parte para o

---

* Anatol Rosenfeld, *Thomas Mann*. São Paulo: Perspectiva, 1994, p. 171.

front.* Se, portanto, também Thomas Mann foi contaminado pelo entusiasmo que a declaração de guerra provocou em milhões de alemães (há estimativas de que nos primeiros meses do conflito eram escritos diariamente no país em torno de 50 mil poemas de exaltação à guerra!), ele encontrou em seu irmão Heinrich Mann (1871-1950), quatro anos mais velho, um pacifista incondicional, incólume a quaisquer discursos nacionalistas. Em 1915 este publica o extenso ensaio "Zola", que enaltece tanto a arte romanesca quanto o engajamento democrático do escritor francês, sobretudo no caso Dreyfus. A resposta do irmão mais novo vem três anos depois, sob a forma de um polêmico escrito de quase seiscentas páginas que, embora impregnado de um conservadorismo político, recebe o título *Considerações de um apolítico*. Um dos aspectos mais importantes desse alentado panfleto é a cruzada que o autor move contra o tipo, que em sua visão se encarnava *par excellence* no afrancesado irmão Heinrich, do "literato de civilização" (*Zivilisationsliterat*), a mesma pecha que na *Montanha mágica* (capítulo "Como um soldado, como um valente") o judeu e jesuíta Naphta, que herdou não poucas das *Considerações* publicadas em 1918, irá lançar contra o paladino das Luzes e do progresso Lodovico Settembrini.**

Para este Thomas Mann anterior à publicação da *Montanha mágica*, que via na guerra a possibilidade de purificação e renovação espiritual de sua nação, o conflito crucial que se travava então na Europa consistia na dicotomia entre "civilização", que

---

* À euforia patriótica que toma conta da Alemanha em agosto de 1914 apenas o compositor Adrian Leverkühn se revela incólume, conforme reconstitui o narrador Serenus Zeitblom nesse capítulo XXX. Rejeitando a "ruptura" supostamente acarretada pela deflagração da guerra, Adrian demonstra conceber ruptura apenas na esfera estética: "No fundo, existe neste globo somente um único problema, e este se chama: como se abre caminho? como se chega ao ar livre? como se rompe o casulo, para vir a ser borboleta?" (Thomas Mann, *Doutor Fausto*. Trad. de Herbert Caro. São Paulo: Companhia das Letras, 2015, p. 357).

Enfoquei esse conceito de "ruptura" (*Durchbruch*) e seu significado para o pacto demoníaco selado nos romances *Doutor Fausto* e *Grande sertão: veredas* no primeiro ensaio do volume *Labirintos da aprendizagem* (São Paulo: Editora 34, 2022, pp. 71 ss.).
** Thomas Mann, *A montanha mágica*, op. cit., p. 603.

regia as democracias ocidentais (também alvo preferencial dos ataques de Naphta), e "cultura" (*Kultur*), que constituiria a dimensão intrínseca ao espírito alemão. Nessa dicotomia estariam abarcadas também as diferenças entre "alma e sociedade, liberdade e direito de voto, arte e literatura; e germanidade, isso é cultura, alma, liberdade, arte — e não civilização, sociedade, direito de voto, literatura".*

Em larga medida, as *Considerações de um apolítico* articulam um ataque frontal às concepções democráticas e internacionalistas de Heinrich Mann — autor, entre outras grandes obras, do romance satírico *Professor Unrat ou O fim de um tirano* (1905; o filme, com o título *O anjo azul*, e Marlene Dietrich num dos papéis principais, estreou em 1930) — e nelas talvez possamos enxergar a tentativa de libertar-se de um sentimento de inferioridade que antes da irrupção da guerra manifestava-se de modo diferente. Veja-se, por exemplo, o seguinte trecho da carta que Thomas Mann, que emprestou muitos traços de sua existência ao trágico protagonista da então recém-publicada novela *A morte em Veneza*, escreve ao irmão em 8 de novembro de 1913, nove meses antes do início da guerra "libertadora e purificadora". O tom lamuriante e autocomiserativo do escritor que iniciara

---

* Já num texto ditado de forma mais imediata pela eclosão da guerra, "Gedanken im Krieg" [Pensamentos em meio à guerra], Mann diferencia *Kultur* de *Zivilisation*: "Ninguém negará que o México, por exemplo, possuía cultura à época de sua descoberta, mas ninguém poderá afirmar que ele era então civilizado. Cultura não é evidentemente o oposto de barbárie; com frequência ela é, muito mais, apenas uma selvageria com estilo, e entre todos os povos da Antiguidade talvez apenas os chineses tenham sido civilizados. Cultura é acabamento, estilo, forma, postura, gosto, é uma certa organização espiritual do mundo, por mais aventuroso, bizarro, selvagem, sangrento e terrível que tudo isso possa ser. A cultura pode abarcar oráculo, magia, pederastia, Vitzliputzli [ou Huitzlopochtli, deus da guerra e do sol na mitologia asteca], sacrifício humano, formas orgiásticas de culto, inquisição, auto de fé, coreomania, processos contra bruxas, profusão de envenenamentos e as mais diversificadas abominações. Civilização, porém, é razão, esclarecimento, apaziguamento, ceticismo, dissolução — espírito".

Observe-se que Sigmund Freud, em seu estudo publicado em 1930 *Das Unbehagen in der Kultur* ("O mal-estar na cultura", traduzindo literalmente), usa o conceito de *Kultur* no sentido em que Thomas Mann entendia *Zivilisation*.

havia pouco a redação de outra novela, com o título "A montanha encantada" (*Der verzauberte Berg*), e que não nutria muitas esperanças em relação ao êxito desse novo projeto, indicia a sensação de inferioridade que, todavia, sofrerá uma ruptura brusca em agosto de 1914. O prazer proporcionado pela criação estética havia desaparecido inteiramente de seu íntimo, queixa-se o esgotado Thomas Mann, e do mesmo modo toda energia e disposição para o trabalho literário:

> Mas o interior: a constante ameaça de exaustão, escrúpulos, fadiga, dúvidas, uma vulnerabilidade e fraqueza, de tal modo que todo ataque me abala até o fundo do ser; além disso, a incapacidade de orientar-me espiritual e politicamente, algo de que você sempre foi capaz; uma crescente simpatia pela morte, profundamente arraigada em mim: todo o meu interesse sempre esteve voltado para a decadência e é isso que no fundo me impede de interessar-me pelo progresso. Mas que falação é essa? É ruim quando toda a miséria dos tempos e da pátria recai sobre alguém que não possui as forças para plasmar essa miséria [...]. Estou exaurido, acho eu, e provavelmente nunca deveria ter-me tornado escritor. *Os Buddenbrook* eram um livro burguês e não significam mais nada para o século xx. *Tonio Kröger*, meramente lamuriento; *Alteza Real*, vaidoso; *Morte em Veneza*, semiculto e falso. São essas as derradeiras percepções e o consolo para quando chegar a horinha da morte.

Incapacidade de orientar-se política e existencialmente; crescente simpatia pela morte (que em *A morte em Veneza* se manifesta na dissolução dionisíaca de Gustav von Aschenbach) e pela decadência, consumada, na família Buddenbrook, com o fenecimento do menino Hanno; a magistral novela sobre Tonio Kröger como simples lamúria: o balanço de vida e obra não poderia ser mais negativo, e se o mergulho no nacionalismo surge pouco depois como libertação do triste estado em que se encontrava o escritor de quarenta anos, a opção patriótica não será ainda a última palavra, não será ainda o caminho que levaria à concepção de obras como *Mário e o mágico*, *José e seus irmãos* ou *Doutor*

Fausto. Com o final da guerra e a proclamação da República de Weimar começa a transformação do escritor simpatizante da decadência e impregnado de laivos nacionalistas em aguerrido defensor de valores democráticos, o qual assumirá posição de proa na luta contra o fascismo. Um marco nessa metamorfose pode ser encontrado no texto "Da República alemã", publicado em 1922, ano em que também ocorre a reconciliação entre os irmãos Thomas e Heinrich Mann. No contexto mais propriamente literário, essa extraordinária transformação parece ter-se processado durante a redação de *A montanha mágica*, sobretudo na etapa final de trabalho nesse "romance gigantesco, fruto de muitos anos de luta com a forma e a ideia" (nas palavras de Anatol Rosenfeld), publicado por fim em 1924.* Nessa chave seria possível sustentar que também Thomas Mann tenha experimentado, durante a ocupação com esse grandioso projeto literário, uma profunda transformação existencial, de certo modo análoga à que sofre Hans Castorp ao longo dos sete anos passados no sanatório Berghof. Quem intuiu tal transformação com grande acurácia foi um crítico que, justamente em virtude das posições anteriores de Thomas Mann — de seu fascínio por temas ligados à decadência e ainda por causa de certo aristocratismo intelectual — votava-lhe profunda antipatia. Trata-se de Walter Benjamin, que em 6 de abril de 1925 escrevia a seu amigo Gershom Scholem, que pouco antes emigrara para a Palestina:

> Thomas Mann publicou um pequeno ensaio sobre as *Afinidades eletivas* de Goethe no último número da revista *Die Neue Rundschau*. Ainda não o li. Mas o ensaio chama minha atenção por causa de um confronto com esse autor que tem se renovado nos últimos tempos. Mal sei como devo contar a você que esse Mann, a quem odiei como a poucos publicistas, como que se aproximou de meu íntimo com seu último grandioso livro, *A montanha mágica*, que veio cair em minhas mãos; com

---

* Anatol Rosenfeld, op. cit., p. 48.

um livro que me tocou no que tenho de mais inequivocamente próprio, no que me anima e sempre animou, e isso de uma maneira que posso reconhecer e controlar com rigor; tocou-me de uma maneira que sou obrigado a admirar em muitos aspectos. Por pouco elegantes que semelhantes construções possam ser, a mim, todavia, não é possível conceber de outro modo; sim, tenho praticamente certeza de que uma transformação íntima deve ter ocorrido no autor durante o processo da escrita.

Já um mês e meio antes, no dia 19 de fevereiro, Walter Benjamin comunicava sumariamente a Scholem o surpreendente impacto que lhe causava a leitura do romance: *"Incredibile dictu:* o novo livro de Thomas Mann, *A montanha mágica,* cativa-me pela sua composição inteiramente soberana"*. Essas declarações benjaminianas oferecem-nos um exemplo admirável da capacidade crítica em realizar a separação entre, por um lado, a opinião que se tem sobre a personalidade empírica e as concepções de um artista e, pelo outro, a efetiva apreciação estética de sua obra, pois a profunda antipatia que Benjamin devotava ao autor das *Considerações de um apolítico* não o impediu de entrar na história de Hans Castorp isento de preconceitos e, assim, de articular uma percepção extraordinária acerca do romance, sugerindo que ele se constituiria numa espécie de divisor de águas ou de "dobradiça" na obra épica de Thomas Mann.* Benjamin não viveu o suficiente para ver plenamente comprovada a procedência de sua observação, que

---

* Curiosamente, uma das primeiras manifestações na recepção de *A montanha mágica* veio de Bertolt Brecht, que como Walter Benjamin desenvolveria profunda animosidade em relação a Thomas Mann. Após ter ouvido o romancista ler, em abril de 1920, trechos do capítulo III em Augsburg, o jovem Brecht escreveu um artigo para o jornal local *Der Volkswille*, ressaltando, de maneira elogiosa, sobretudo a minuciosa descrição da tuberculose e da morte. "Mann leu passagens de seu romance *A montanha mágica,* o qual, se os fragmentos lidos são representativos, mostra — à luz de uma descrição cuidadosa, jamais carente de metafísica, da vida de algumas dezenas de pacientes pulmonares — uma espécie de refinada ou ingênua tática de guerrilha contra a morte. A comunidade de muitas pessoas que esperam a mesma coisa, ou seja, a morte, gera uma cultura própria, talvez um certo *savoir mourir,* que em sua graça lúdica disfarça as dificuldades que são superadas nas profundezas: para os que estão munidos de segurança, a morte estaria em certo sentido relacionada com a vida e, dizendo isso não sem reverência, seria uma espécie de vagabundagem."

teria o respaldo de *José, o provedor*, concluindo em 1943 a tetralogia de inspiração bíblica, e, sobretudo, *Doutor Fausto*, publicado sete anos após o suicídio do crítico.

Mas um primeiro marco na notável trajetória em que um conservador nacionalista se converte em antifascista radical reside justamente na novela escrita em 1929, *Mário e o mágico*. Não há registro de que Benjamin a tenha lido, tanto quanto não há comentários seus a respeito dos textos do "publicista" Mann redigidos nos anos subsequentes, vários dos quais lançam luz sobre o substrato político da "experiência trágica de viagem" ambientada em Torre di Venere. Todavia não poucos leitores de primeira hora perceberam o caráter antifascista da pequena narrativa, como avulta no fecho de uma resenha publicada já em maio de 1930: "Se Mussolini entendesse alguma coisa de arte, ele deveria proibir essa novela na Itália".* E quarenta dias depois surge nova resenha esboçando com clarividência uma comparação entre a hipnose que tem lugar na sala de Cipolla, "mago de mil artimanhas" (na expressão empregada por Goethe no *Fausto II: Tausendkünstler*, verso 6072), e a que se desenrola no grande palco italiano contemporâneo, convidando assim o leitor a extrair da novela de Thomas Mann "um paralelo entre a pequena e a grande magia, entre o pequeno e o grande 'acaloramento'", ou seja, convidando-o a traçar um paralelo entre o prestidigitador de província e o *cavaliere* e *duce* que logrou colocar milhões de italianos sob sua tutela.**

---

* Com o título "O mágico italiano", essa resenha de Julius Bab foi publicada no jornal berlinense *Berliner Volkszeitung* (reproduzida no volume *Mario und der Zauberer — Erläuterungen und Dokumente*. Stuttgart: Reclam, 1985, pp. 43-5).

** Resenha de Bernard Guillemin publicada num jornal de Nuremberg (reproduzida no volume *Erläuterungen und Dokumente* mencionado na nota anterior, pp. 45-7). Para Guillemin, o esboço de um paralelo entre o pequeno palco de Cipolla e o grande palco de Mussolini pode não ter representado uma motivação consciente para o escritor, mas seria certamente o "propósito secreto" da novela. Ao contrário do resenhista, Viktor Mann, irmão mais jovem de Thomas e Heinrich, dá mostras de não

V. ADOLF HITLER, UM "IRMÃO" ESTROPIADO

Embora o autor de *Mário e o mágico* considerasse improvável que tal desgraça pudesse acontecer em seu país, menos de três anos após a publicação da novela também na Alemanha um hábil hipnotizador de massas — um fracassado aspirante a artista, convertido por fim no que Bertolt Brecht costumava chamar metaforicamente de *Anstreicher*, pintor ou caiador de paredes —* logrou apoderar-se da "alma de um povo com gloriosas tradições de cultura" (Rosenfeld). Thomas Mann confrontou-se intensamente com o fenômeno do hitlerismo não só como artista épico — e nesse sentido o *Doutor Fausto* representa um ápice na literatura alemã —, mas também em reflexões teóricas, tendo redigido vários textos na tentativa de adensar a resistência à ascensão do nacional-socialismo e, depois da catástrofe de janeiro de 1933, à ditadura que se consolidara em seu país.

Escrito em abril de 1938 na Califórnia, onde se estabeleceria (Pacific Palisades) em março de 1941, e recebendo alguns retoques cinco meses depois, o ensaio "Irmão Hitler" foi publicado apenas em setembro de 1939, numa tradução americana intitulada *That Man Is My Brother*. Ambos os títulos não só não provieram de Thomas Mann como também não o agradaram (a redação inicial trazia o simples título "Folhas de diário", *Tagebuchblätter*, que depois mudou para "O irmão", *Der Bruder*),

---

ter percebido a dimensão política da novela. Discorrendo, em seu livro de memórias (*Éramos cinco. Retrato da família Mann*, 1949), sobre as suscetibilidades causadas por *Mário e o mágico*, ele observa que todo um Estado se sentiu ofendido: "a nova Itália fascista levou a mal a ironia e colocou a pequena novela no índex, assim como se tratou a nudez da pequena Elisabeth como *molto grave* e puniu-se o caso com cinquenta liras. É que sistemas totalitários não têm mesmo senso de humor".

* Brecht referia-se pejorativamente a Hitler como *Anstreicher* em alusão às ambições artísticas do futuro ditador e a um discurso deste, proferido no dia 10 de maio de 1933, em que propunha uma reforma (e pintura) geral dos edifícios e casas na Alemanha como medida para combater o desemprego (ver o poema "A canção do caiador de paredes Hitler"). Além disso, Brecht aproxima o termo *Anstreicher* ao verbo *durchstreichen*, algo como "passar a caneta", inutilizar com rasuras, conotando assim o gesto autoritário.

mas quando o ensaio foi republicado em 1953, o autor já não fez nenhuma objeção ao título.

No extraordinário conjunto de escritos antifascistas de Thomas Mann, "Irmão Hitler" ocupa posição singular, pois ao concentrar-se na personalidade e no caráter de Adolf Hitler — nome que não é pronunciado em nenhum momento —, o ensaio orienta-se por princípios e conceitos estéticos, deixando de lado a argumentação mais propriamente política que encontramos em textos como "Apelo à razão", "Da futura vitória da democracia" ou "Confissão pelo socialismo". Já o primeiro passo do ensaio aponta para essa direção: o profundo ódio que Thomas Mann sente pelo "caiador de paredes" deve ser sobrepujado por um afeto mais produtivo: o "interesse", que proporciona a contemplação livre, ampla e sobranceira que o próprio autor sempre associou ao procedimento épico mais característico de sua obra: a "ironia".

Desse prisma, Adolf Hitler é visto não como o radicalmente "Outro", mas de modo irônico (e no nível da "estropiação", termo central no ensaio: *Verhunzung*) como um "irmão" — um irmão degenerado, o qual, acrescente-se, cedo sentiu (ou acreditou ter sentido) talento para o desenho e a pintura, embora suas poucas produções "artísticas" nunca franquearam o limiar da mediocridade. No contexto dessa argumentação focada no parentesco, o ensaísta remonta aos anos de juventude de seu "duplo" em Viena: uma existência precária e boêmia em albergues e moradias baratas, que se nutria do entusiasmo pelas óperas wagnerianas e do sentimento de ter nascido para algo grandioso, sonhado primeiramente no âmbito de uma carreira artística. Faltam, porém, ao indolente diletante muitas coisas, em especial a disciplina que propiciou ao jovem Thomas Mann, que também sonhava com algo grandioso, concluir aos 25 anos um romance do porte dos *Buddenbrook*. Após sucessivos fracassos em afirmar-se como pintor (entre elas, duas reprovações para ingressar na Academia de Belas-Artes em Viena), e igualmente incapaz, na visão do ensaísta, de qualquer ocupação útil, Hitler decide tornar-se político — como de resto explicita o trecho do *Mein Kampf* (*Minha luta*, final do capítulo vii), no qual relata as circunstâncias em que chega a seus ouvidos a notícia da revolução de 1918 e da proclamação da República em 9 de novembro: "Mas eu decidi tornar-me político".*

Tem início então uma carreira baseada inteiramente na demagogia, na pregação do ódio e no que se conhece hoje por fake news — uma carreira que talvez possa receber, mais uma vez no nível da estropiação, o atributo "genial". Pois a carreira se revela inacreditavelmente bem-sucedida, parecendo ter saído de um "conto maravilhoso" (*Märchen*) de H. C. Andersen, como "O patinho feio", ou dos Irmãos Grimm, em que todos os obstáculos são superados pelo sofrido herói que no final conquista a princesa e o reino. De que modo explicar o estrondoso êxito do charlatão wagneriano, do demagogo histriônico a cuja hipnose milhões de alemães passam a sucumbir? A honra ferida, o complexo de inferioridade de uma nação derrotada na guerra e submetida às duras condições do Tratado de Versalhes unem-se, nas palavras do escritor, ao "ressentimento insondável e sede de vingança pustulenta de um ser inútil, incapaz, malogrado uma série de vezes, extremamente preguiçoso, inapto para qualquer tipo de trabalho, condenado ao eterno fracasso, artista amador frustrado, um verdadeiro desgraçado".

E essa criatura catastrófica, esse demagogo histriônico logra colocar um povo com extraordinárias tradições culturais sob o domínio de seus olhos azuis hipnóticos e sua retórica "pustulenta", fazendo as massas escandir *Heil* em uníssono e levantar o braço direito, em admirável sincronia, para a saudação nazista. "Qual é, afinal, a diferença", pergunta Thomas Mann após

---

* Em seu já mencionado romance de estreia *O tambor* (título abreviado da edição brasileira), Günter Grass faz o eu-narrador Oskar Matzerath, que tem ainda em comum com Hitler os penetrantes olhos azuis, inverter parodicamente essa passagem do medíocre e sinistro livro *Minha luta*: "[...] em cada um de meus olhos azuis reflete-se uma ganância de poder que deveria dispensar qualquer acompanhamento. Cheguei a uma atitude que não teria motivo algum para abandonar; disse, resolvi e me decidi a não ser político em hipótese alguma e, muito menos ainda, comerciante de mercearia, a pôr um ponto-final e ficar tal qual era: e assim fiquei, com a mesma estatura e nessa mesma apresentação, durante muitos anos" (Günter Grass, op. cit., p. 69).

referir-se a um documentário sobre uma desvairada dança executada por balineses em transe, "entre rituais deste tipo e o que se passa numa concentração de massas, de caráter político, na Europa?" A resposta é: nenhuma, excetuando-se a diferença entre exotismo e abjeção.

Degradante e "abjeta" é também a arte oferecida em Torre di Venere por Cipolla, que ao estalo de seu chicote e do imperativo *Balla!* hipnotiza e coloca o público sob seu domínio. Nessa personagem teríamos assim outro irmão pervertido do "mágico" de Lübeck (*Zauberer*, como o romancista era chamado no círculo familiar), teríamos outro irmão "incômodo e vergonhoso", cujo comportamento, sugere-nos o narrador da novela, é alimentado em grande parte pelo ressentimento: "Mas os seus remoques exprimiam autêntico rancor, sobre cujo significado humano uma olhada para o físico de ambos seria instrutiva". O corpo de Cipolla: papel importante nesse ressentimento desempenha o "pequeno defeito físico" que o próprio artista menciona logo nos momentos iniciais do espetáculo, como que para coibir de antemão quaisquer alusões jocosas, tirando-lhes, por assim dizer, "o ferrão" e impondo ao público, especialmente aos inúmeros *giovanotti* sem papas na língua (um deles apostrofado como *questo linguista di belle speranze*), um "civilizado senso de tato" em relação à deformidade anatômica.* E se esta, por um lado, impediu Cipolla "de tomar parte na guerra pela grandeza da pátria", por outro favoreceu o prodigioso desenvolvimento de uma arte que em Roma logrou arrancar aplausos do irmão do próprio *duce*; favoreceu uma arte que se enraíza tão somente na força da alma e do espírito (de novo, na chave da deturpação), o que é percebido pelo narrador ao abrir a segunda parte do show com o resumo: "aquele aleijão presunçoso foi o mais poderoso hipnotizador que encontrei em minha vida".

---

* Também no magistral conto "O pequeno sr. Friedemann", que Thomas Mann publica aos 21 anos de idade, a deformidade física da corcunda desempenha relevante papel. Em tradução de Claudia Abeling, esse conto figura no volume *Contos* (pp. 67-90) publicado em 2020 pela Companhia das Letras, com posfácio de Terence J. Reed.

Também no caso dessa figura fictícia — baseada, contudo, num *forzatore*, *illusionista* e *prestidigitatore* real (Cesare Gabrielli) — temos uma arte que Thomas Mann, em seu ensaio sobre Hitler, caracteriza como magia negra, *innaturalis*. Reconhecer os adeptos dessa arte — em primeiro lugar, o "caiador de paredes" (voltando à alcunha *Anstreicher*), mas também um Joseph Goebbels, arauto de uma futura arte alemã "heroica, ferreamente romântica, não sentimental" e também autor do romance de formação *Michael* (concluído em 1924 e publicado cinco anos depois) — reconhecer essas figuras abjetas como "irmãos" só é possível no contexto de uma argumentação que trabalha com o conceito de estropiação, deformação, perversão. Através desse reconhecimento, o autor das *Considerações de um apolítico* aponta para o perigo, então real, de que ele próprio pudesse, com as posições nacionalistas e conservadoras que advogava durante os anos de guerra, sucumbir a tendências ideológicas que confluíam para o nacional-socialismo.

A figura do "irmão antagonista", todavia, tem também profundas raízes, como visto acima, na biografia de Thomas Mann, que durante a redação do tratado supostamente "apolítico" procurava contrapor-se às posições democráticas (enraizadas, sobretudo, nas tradições francesas) de seu irmão mais velho. Já num capítulo de seu grandioso romance de estreia (o segundo da nona parte), que apresenta semelhante constelação familiar, os irmãos Buddenbrook, Thomas e Christian, travam violenta discussão enquanto o corpo da mãe está sendo preparado para o velório no quarto ao lado. E então o probo, disciplinado Thomas, que orienta toda sua vida por uma ética do trabalho, diz ao irmão boêmio: "Tornei-me assim como sou porque não quis tornar-me como você. Se, no íntimo, evitei o seu contato, foi porque preciso acautelar-me de você, porque a sua essência e natureza significam um perigo para mim…".*

---

* Thomas Mann, *Os Buddenbrook*. Trad. de Herbert Caro. São Paulo: Companhia das Letras, 2016, p. 525.

Mais do que meramente "acautelar-se" contra seu "irmão Hitler", Thomas Mann tornou-se um de seus principais inimigos (também muito mais do que mero "adversário"), assim como de todo fascismo e populismo, de maneira geral.* No ensaio em questão, o inimigo é trazido para o campo em que ele procurou afirmar-se durante os anos incertos e boêmios de sua juventude em Viena, cidade em que também atuava — Thomas Mann não deixa de lembrar a perseguição nazista ao criador da psicanálise — um notável representante do "espírito" e do "conhecimento", "o filósofo que desmascarou as neuroses e desmoronou as ilusões", tendo se constituído assim em "verdadeiro e real inimigo" de Hitler. Dessa forma, o ensaio pode concluir expressando a confiança de que o sortilégio hipnótico executado nas tribunas fascistas seria em breve varrido do mapa, que a "arte" manipuladora de Hitler e Mussolini — também a do mágico Cipolla, a que Mário põe termo (um "final libertador") — não seria mais possível no futuro: "Gostaria de acreditar, melhor, estou certo de que ainda virão tempos em que a arte sem limites morais ou intelectuais, a arte transformada em magia negra ou produto instintivo, irracional e irresponsável, será tão desprezada como é venerada nos nossos tempos tão pouco humanos". E Mann fecha então seu ensaio anunciando o advento de uma arte verdadeiramente humana, assentada na ideia de mediação e espírito, que no fundo já seriam a mesma coisa: "A arte do futuro se manifestará e afirmará, de modo mais notório e feliz do que sucedeu até hoje, como encantamento luminoso, como mediação — alada, hermética, lunar — entre espírito e vida. E não esqueçamos: a mediação já é espírito".**

---

* Com o início da Guerra Fria, a postura política de Thomas Mann foi tornando crescentemente incômoda sua existência nos Estados Unidos, cujo serviço secreto passou a considerá-lo simpatizante, um *fellow traveler*, do comunismo. No final de junho de 1952, portanto já em pleno macarthismo, ocorre seu retorno à Europa, não para a Alemanha, onde ainda sofria virulentos ataques, mas para a Suíça.

** O conceito de "espírito", *Geist*, permeia toda a obra de Thomas Mann, tendo recebido ainda expressivas "pinceladas" em seus dois últimos grandes ensaios, dedicados a

VI. DE *MÁRIO E O MÁGICO* AO *DOUTOR FAUSTO*: O FASCISMO NA OBRA DE THOMAS MANN (E UM PARALELO COM GÜNTER GRASS)

Se Thomas Mann abre seu ensaio sobre Hitler referindo-se a pavorosos sacrifícios e devastações que aconteciam em seu país, a imagem que ele nos passa desse genocida sem paralelo na história humana não resvala em nenhum momento pelo "demoníaco". Ao contrário do que se verifica em outros textos do escritor, como nos posteriores 58 discursos radiofônicos transmitidos pela BBC durante a guerra, em "Irmão Hitler" a argumentação renuncia a análises políticas, na medida em que privilegia conceitos e categorias da estética. Além disso, o ensaísta vale-se com frequência de expressões fortemente coloquiais — por exemplo, quando exclama em relação ao pervertido "irmão" catorze anos mais jovem: "O rapaz é uma catástrofe".

É digno de nota, no entanto, que apenas quatro anos depois da publicação do ensaio, Mann inicia a redação de um romance que apresentará uma visão diferente do nacional-socialismo e de seu *Führer* Adolf Hitler. Pois se trata de um romance que coloca em posição central o antigo motivo do pacto demoníaco, elevado por Goethe ao mais alto patamar da literatura mundial. Num primeiro plano tem-se o pacto que o compositor Adrian Leverkühn — avatar do doutor Fausto medieval-renascentista, protagonista do livro popular publicado anonimamente em Frankfurt no ano de 1587 — consuma com o diabo no capítulo XXV, mas que já fora encaminhado pela contaminação sifilítica narrada no

---

Friedrich Schiller e Anton Tchékhov. Pouco antes da morte, o romancista octogenário conclui o texto sobre Tchékhov com um comovente elogio à força humanizadora da arte narrativa ao mesmo tempo que reitera sua confiança no advento de tempos mais propícios ao "espírito": "E, contudo, trabalha-se, narram-se histórias e molda-se a verdade na obscura esperança, quase na confiança de que verdade e forma serena possam atuar sobre a alma de maneira libertadora e que possam preparar o mundo para uma vida melhor, mais bela, mais justa com o espírito".

capítulo xix.* Contudo, a narrativa também deixa transluzir o pacto de sangue firmado pelo povo alemão em 1933 e cobrado doze anos mais tarde, quando a Alemanha desce aos infernos em meio às chamas do final da Segunda Guerra Mundial, conforme se explicita no último parágrafo da narrativa, que se refere de início, para criar um plano de contraste, à apoteótica conjuntura em agosto de 1940, quando morre o pactário Leverkühn:

> A essa altura, a Alemanha, as faces ardentes de febre, no apogeu de selvagens triunfos, cambaleava, ébria, a ponto de conquistar o mundo, graças a um pacto ao qual tencionava manter-se fiel e que assinara com seu sangue. Hoje, cai de desespero em desespero, cingida de demônios, cobrindo um dos olhos com a mão e cravando o outro num quadro horroroso.**

Esta passagem não constitui exceção na dicção do *Doutor Fausto* e, algumas páginas antes, o narrador abrira o antepenúltimo capítulo discorrendo sobre o "justiceiro suicídio" que grassava então entre os grandes do "Estado monstruoso" — os "corruptores", como se lê num momento anterior, "que mandaram à escola do Diabo uma parcela do gênero humano originalmente honrada, bem-intencionada, apenas excessivamente dócil".*** No tocante a esse aspecto da demonização dos anos hitleristas, da sedução diabólica de que teria sido vítima grande parte do povo alemão, um antípoda do septuagenário autor do

---

* A original configuração que o antiquíssimo motivo do pacto recebe no *Doutor Fausto* tem sua primeira etapa na viagem que o jovem Adrian Leverkühn faz em 1906 à cidade austro-húngara de Pressburg (atual Bratislava) a fim de ter relação sexual com a prostituta húngara (então sifilítica) que conhecera pouco antes num bordel de Leipzig, e contrair assim a doença. O pretexto para a viagem é assistir, na vizinha Graz, à estreia da ópera *Salomé*, sob a direção do próprio compositor Richard Strauss. Como curiosidade: presentes a essa estreia estiveram Gustav Mahler, Alban Berg, Giacomo Puccini, Arnold Schönberg e também — nesse caso, porém, sem comprovação histórica — o jovem aspirante a artista Adolf Hitler.
** Thomas Mann, *Doutor Fausto*, op. cit., p. 591.
*** Ibid., p. 559.

Doutor Fausto pode ser visto no jovem Günter Grass, que concluiu aos trinta anos de idade *O tambor*, conquistando de imediato notoriedade mundial com esse extraordinário confronto épico com o nacional-socialismo.* Numa resenha de primeira hora, Hans Magnus Enzensberger captou com admirável acurácia essa tendência do primeiro romance de Grass em contrapor-se à demonização da história alemã:

> Eu não conheço nenhuma representação épica do regime hitlerista que, em intensidade e justeza, se possa comparar com a que Grass, como que despreocupadamente e sem fazer o menor alarido antifascista, oferece no *Tambor de lata*. Grass não é moralista. De maneira quase apartidária, ele rasga os "anos históricos" entre 1933 e 1945 e mostra o recheio em toda sua sordidez. Sua cegueira perante tudo o que seja ideológico o resguarda de uma tentação à qual sucumbem muitos escritores, isto é, demonizar os nazistas. Grass os apresenta em sua verdadeira aura, que nada tem de luciferiano: na aura do bolor. [...] Quando Alfred Matzerath, um dos pais presumíveis de Oskar, engole de medo o seu broche do partido durante a invasão dos russos e morre sufocado, então o Terceiro Reich morre mais uma vez com ele, tal como havia vivido. Ninguém poderia escrever de forma mais maldosa e aniquiladora do que Grass.**

Teria Enzensberger pensado também no velho Thomas Mann ao ressaltar a "tentação à qual sucumbem muitos escritores, isto é, demonizar os nazistas"? O resenhista comenta, no intuito de demonstrar a tendência oposta em Günter Grass, o episódio da morte do pequeno nazista Alfred Matzerath, pai

---

* Há assim uma correspondência entre *O tambor* e *Os Buddenbrook* no tocante à posição que ocupam na trajetória literária de Günter Grass e Thomas Mann: trata-se, em ambos os casos, de romances de juventude que proporcionaram fama internacional a seus autores.

** Publicada em novembro de 1959, essa resenha, "Wilhelm Meister, auf der Blechtrommel" [W. M. tocado no tambor de lata], foi incorporada pelo autor ao volume *Einzelheiten* (Frankfurt a. M.: Suhrkamp, 1962, pp. 221-7).

do eu-narrador Oskar, um menino que, ao ganhar um tambor em seu terceiro aniversário, interrompe o crescimento no intuito de abortar qualquer possibilidade futura de integração social. Mas inúmeros outros capítulos do *Tambor* teriam servido ao mesmo propósito. Por exemplo, "A tribuna", em que se narra a expansão do partido nacional-socialista na então cidade livre de Danzig, impulsionada pelos deslumbrantes espetáculos encenados às massas por políticos locais ou representantes do grande Reich alemão. De modo "apartidário", não ideológico, sem "o menor alarido antifascista" (na observação de Enzensberger), Grass também nos apresenta com notável plasticidade o fenômeno da estetização da política, analisado por Walter Benjamin no ensaio "A obra de arte na era da sua reprodutibilidade técnica". É o que encontramos, entre outras passagens, nas performances do chefe de distrito Löbsack, que, conforme nos mostra o eu-narrador, sabia dirigir-se aos trabalhadores portuários em todas as variantes dialetais da região e, com sua verve retórica, desarmar apartes de comunistas e socialistas, quando então — acrescenta Oskar — "dava gosto ouvir o homenzinho, cuja corcunda ressaltava ainda mais com o pardo do uniforme". Como o Cipolla de Thomas Mann, essa personagem de Grass também é corcunda, mas desprovida de qualquer complexo ou ressentimento, antes sabe tirar capital político da deformidade física:

> Löbsack era espirituoso, fazia graça com a corcunda e chamava-a pelo nome, pois a massa sempre aprecia essas coisas. Antes perder a corcunda, afirmava Löbsack, que chegarem os comunistas ao poder. Por conseguinte, a corcunda estava certa e, com ela, o Partido — de onde se pode inferir que uma corcunda constitui a base ideal para uma ideia.*

Nessa passagem, portanto, a corcunda é estilizada em em-

---

* Günter Grass, op. cit., p. 143.

blema do Partido pela perspectiva ingênua que o eu-narrador liliputiano encena ao longo de centenas de páginas. Desse modo o leitor não encontrará nenhum resquício de páthos no painel épico dos anos nacional-socialistas elaborado por Grass, nem mesmo nos momentos em que se delineia um gesto de resistência política, que em princípio pediria uma apresentação mais séria. Quando Oskar — exemplo tomado ainda ao capítulo "Tribuna" — é advertido da "magia negra" (na expressão que lemos em "Irmão Hitler"), dos sortilégios que estavam sendo preparados a fim de hipnotizar as massas para o fascismo, a advertência vem significativamente do anão artista Bebra, que mais tarde colocará seu teatro a serviço do regime: "Eles estão chegando! [...] Construirão tribunas, encherão as tribunas e pregarão nossa perdição do alto das tribunas. Esteja atento, jovem amigo, ao que se passará nas tribunas!".* E, pouco adiante, o narrador nos antecipa que a exortação do liliputiano — "Esteja atento...", palavras igualmente válidas para o palco de Cipolla — logo revelaria sua procedência: "Os acontecimentos políticos do ano seguinte lhe deram razão: a época das paradas com archotes e das multidões diante das tribunas havia começado".

A apreensão da mentalidade pequeno-burguesa, "tacanha e embolorada" (Enzensberger), que forneceu ao fascismo importante base de sustentação encontra outro expressivo momento no capítulo "Cardápio de Sexta-Feira Santa", no qual Oskar narra um passeio, aparentemente idílico, com os pais e o tio Jan Bronski no feriado religioso de 1936. De maneira algo semelhante ao efeito buscado pelo narrador de *Mário e o mágico*, a descrição da fatídica Sexta-Feira Santa afasta-se de qualquer ostensibilidade política, operando antes em chave simbólica, através de imagens tomadas à esfera do grotesco e do nauseabundo. Caminhando pela praia, a família presencia uma cena que deflagra na mãe do narrador um processo irreversível de

---

* Ibid., p. 139.

autodestruição, que será paralelizado simbolicamente com a "morte" da cidade livre de Danzig, sufocada entre a Polônia (Jan Bronski) e o Reich alemão (Alfred Matzerath). Trata-se da captura de enguias com a cabeça negra de um cavalo, quando Agnes se fixa hipnotizada nas mãos do pescador que, extraindo-as dos orifícios do animal, puxa por fim duas enormes enguias da goela do cadáver. Para a mulher começa nesse momento seu calvário, e a simbologia das imagens aponta ainda para os dois homens que, conforme se expressa Oskar, "nutriam-se ambos da carne de Agnes".

As imagens grotescas prenunciam sombriamente a catástrofe política em gestação, sendo também nesse capítulo que o narrador nos mostra seu pai, num episódio aparentemente desprovido de conotação política, como acostumado a acenar quando outros acenavam, sempre a "gritar, rir, bater palmas, quando outros gritavam, riam, batiam palmas" — acrescentando na sequência uma observação que indicia a maestria do jovem romancista em captar o comportamento do tipo humano que a língua alemã condensa no substantivo *Mitläufer*, o oportunista que sempre vai com os outros: "Por isso também ingressara no partido relativamente cedo, quando ainda não era necessário, não lhe rendia nada e somente lhe ocupava as manhãs de domingo".* Longe de qualquer aura diabólica, os nazistas aparecem nesse romance do jovem Grass na banalidade chã do oportunismo, enquanto "encarnações do mofento, do mesquinho, do tacanho", na formulação de Enzensberger.

Relacionando agora o romance de Grass à novela que Thomas Mann publicou dezessete anos antes do *Doutor Fausto*, poderíamos observar que, se é possível vislumbrar no comportamento do distinto senhor italiano que tenta resistir em vão aos

---

* Ibid., p. 186.

poderes de Cipolla a incapacidade da burguesia em contrapor *ativamente*, e não apenas de modo defensivo, conteúdos positivos à hipnose fascista, no tocante a *O tambor* já nos deparamos com a completa vulnerabilidade da pequena burguesia à sedução do nacional-socialismo, incapaz até mesmo do gesto de um "não querer", conforme observara o narrador novelístico em relação a outra vítima do hipnotizador, o imponente coronel: "não querer era a única coisa que podia". Mas evidentemente há que se atentar, nesse esboço de comparação, para uma diferença crucial: são nada menos do que três décadas que separam essas duas representações ficcionais da disseminação do fascismo! Pois quando *Mário e o mágico* vem a lume em 1930, Grass estava chegando à mesma idade em que seu futuro tocador de tambor interromperia o crescimento. Justamente essa diferença confere à novela ambientada em Torre di Venere a dimensão sismográfica destacada por diversos intérpretes, entre os quais o citado Anatol Rosenfeld, que apontou nessa pequena obra-prima, entre outras qualidades, a extraordinária clarividência assim como um forte caráter de advertência.

Também para essa direção caminharam as apreciações que o próprio Thomas Mann, ao longo dos anos, nos foi oferecendo de *Mário e o mágico*. Pois se antes de Hitler tomar o poder o autor preferia localizar a novela mais no terreno ético-moral do que no político, no esboço autobiográfico "On Myself", apresentado em 1940 a estudantes da Universidade de Princeton, a novela é caracterizada como advertência perante violações perpetradas por regimes ditatoriais (*Warnung vor der Vergewaltigung durch das diktatorische Wesen*). No ano seguinte — em meio, portanto, aos grandes triunfos da máquina de guerra nazista —, essa visão se reiterará numa carta datada de 26 de junho, embora Thomas Mann continue insistindo na configuração *artística* da história de Cipolla e, assim, distanciando-se de qualquer leitura político-alegórica mais direta:

Só posso dizer que significa ir longe demais querer simplesmente ver no mágico Cipolla um mascaramento de Mussolini, mas por outro lado é óbvio que a novela apresenta um decidido sentido moral-político. Naquela época o fascismo europeu estava em ascensão, conheci sua atmosfera durante a visita à Itália que gerou a narrativa, e a tendência da novela contra degradação humana e autoritarismo foi sentida nitidamente também pela esfera nacionalista-fascista que reinava na Alemanha, de tal modo que nesses círculos a narrativa foi enfaticamente rejeitada. De todo modo, ela deve ser vista, em seu conjunto, como obra de arte, não como alegoria dos acontecimentos políticos daqueles dias.

Seis anos mais tarde, quando o *Doutor Fausto* estava sendo concluído, a apreciação da novela publicada em 1930 deixa transparecer uma inflexão ainda mais decidida para o campo político, conforme ilustra o mencionado depoimento sobre sua incredulidade de então quanto às chances de um Cipolla vingar na Alemanha: "Eu superestimei patrioticamente minha nação. Já a suscetibilidade com que a crítica recebeu a narrativa deveria ter me mostrado para qual direção as coisas caminhavam e o que não seria possível no povo com a formação mais refinada — exatamente nesse povo".

Essas palavras figuram numa carta de agradecimento, com a data de 20 de abril de 1947, ao crítico norte-americano Henry C. Hatfield, que meses antes publicara uma "análise fina e inteligente" da narrativa (ver nota da p. 71), como se formula na abertura da carta. Muito significativas são, ainda, as palavras com que Thomas Mann dá continuidade ao trecho citado: "No mais, hoje tenho algumas dúvidas quanto à minha boa-fé de então. No fundo, a novela foi, sim, uma primeira ação de combate contra algo que já na época dominava toda a atmosfera europeia e que não foi eliminado totalmente pela guerra".

O relato novelístico sobre a "experiência trágica de viagem" na nova Itália fascista passa a ser concebido no pós-guerra enquanto tentativa de intervenção política, uma vez que o escritor parece capacitar-se agora de que ele talvez tivesse considerado sim, de maneira intuitiva e a contrapelo da "boa-fé" em relação a seu povo, que Cipolla poderia tornar-se possível também na Alemanha, a despeito de toda sua tradição humanística. Desse novo prisma ganham então um significado mais profundo os feitos do hipnotizador no palco de província, passíveis de serem relacionados ao êxito de Mussolini e, além disso, prefigurando os triunfos iniciais do "Irmão Hitler". Lembremos, entre esses feitos, a subjugação do "jovem senhor na primeira fileira" que se propõe debalde a tirar as cartas de sua escolha e, fracassando, recebe por fim do mágico a lição de que "a liberdade existe, e existe também o arbítrio, mas o livre-arbítrio não existe, porque um arbítrio que se pauta pela própria liberdade cai no vazio". Depois é a vez do avantajado *colonnello* que, de repente, não consegue mais erguer o braço, porque Cipolla lhe impôs, com o sibilante chicote, "que não seria mais capaz de fazê-lo". Vítimas da hipnose são ainda a sra. Angiolieri e seu marido pusilânime, incapaz, aos olhos do narrador, de "defender a sua felicidade nem mesmo de poderes menos demoníacos do que aqueles que, ali, ainda agregavam o escárnio ao espanto". E por fim, antes do desfecho sangrento da história, entra novamente em cena o senhor romano, determinado, com a "fortaleza da vontade", a restaurar a honra de seu livre-arbítrio, mas voltando a capitular ao chicote — "a vara de Circe, aquela vergasta sibilante de couro, com cabo em forma de garra, reinava absoluta" — e à ordem *Balla!*, espetáculo degradante que enseja o seguinte comentário do narrador: "Se bem entendi o processo, aquele senhor sucumbiu à negatividade de sua posição na luta. É de presumir que não se pode viver psiquicamente do não querer; não querer fazer uma coisa não é, a longo prazo, um propósito de vida".

Se Cipolla encarna em sua asquerosa figura não só "a peculiar maldade" do microcosmo ligúrio de Torre di Venere, mas também práticas de sugestionamento e manipulação que levaram Mussolini e Hitler ao poder e que, ademais, sobreviveram às suas violentas mortes, então a lição a se desentranhar da novela é que não basta entrincheirar-se numa postura de "não querer", não basta apenas não pactuar com o fascismo ou seus avatares populista-demagógicos. A resistência não pode ser "pela metade", eis a possível mensagem da novela, limitada apenas à atitude de negação e recusa, pois desse modo é grande o risco de logo se estar dançando ao ritmo do chicote e das ordens do mágico. Não teria o próprio escritor, que nos anos subsequentes se transformou num *ativo* inimigo de Hitler e de todo o fascismo, incorporado essa lição à sua trajetória? Até o final da guerra Thomas Mann esperou ardentemente, sempre atuando nesse sentido com seus textos de intervenção (sobretudo os discursos radiofônicos aos "ouvintes alemães"),* que os seus conterrâneos eliminassem o *Führer* pelas próprias mãos, que dessem um fim libertador ao terror nacional-socialista, a exemplo do que fez Mário com os tiros que preludiaram aqueles que, em abril de 1945, varreram do mapa o *duce* que conseguira apoderar-se da "alma de um povo com gloriosas tradições de cultura", na citada formulação do crítico brasileiro-alemão.

Para a frustração do escritor, o tiranicídio, a eliminação de Hitler pelo próprio povo, não aconteceu na Alemanha. Além disso, Thomas Mann logo passou a experimentar a persistência, no pós-guerra, do mesmo clima ideológico — envenenado por ódio, falsificações históricas, campanhas difamatórias, propaganda populista — que nos anos subsequentes ao fim da Primeira Guerra proporcionara solo fértil para a ascensão de

---

* "Ouvintes alemães!" (*Deutsche Hörer!*) eram as palavras com que Thomas Mann iniciava cada uma das 58 alocuções transmitidas pela BBC de Londres entre 1940 e 1945 e sob as quais esses textos foram posteriormente publicados. Edição brasileira: *Discursos contra Hitler: Ouvintes alemães!* (1940-1945). Trad. de Antonio C. dos Santos e Renato Zwick. Rio de Janeiro: Zahar, 2009.

Em várias das alocuções a partir de 1943, o autor buscou incutir em seus compatriotas a necessidade premente de eliminarem Hitler sem interferência estrangeira, pois "se vocês não lograrem se desvencilhar, num último instante, dessa corja que infligiu tanta infâmia a vocês e à humanidade, então tudo estará perdido, a vida e a honra". Ou ainda: "Apenas se vocês se libertarem a si mesmos, vocês conquistarão o direito de participar numa futura ordem dos povos livre e justa".

ditadores fascistas.* Essa percepção vem expressa de maneira breve, mas com grande clareza, na carta que se refere a *Mário e o mágico* como uma "primeira ação de combate" contra o fascismo. O autor participa assim de um horizonte de recepção que já fora descortinado por algumas resenhas clarividentes ("Se Mussolini entendesse alguma coisa de arte, ele deveria proibir essa novela na Itália", nas palavras do resenhista mencionado em nota da p. 84) e no qual se inserem relevantes leituras posteriores, como a de Anatol Rosenfeld, que em seu ensaio também chamou a atenção para o fato de que "em certas condições um povo inteiro pode ser hipnotizado". E, na sequência: "Um hipnotizador poderoso, que encontra as condições adequadas, é suficiente para fazer com que um povo inteiro dance ao estalar do seu chicote. Não tenhamos ilusões; o que resta fazer é evitar que aquelas condições se repitam".**

Na perspectiva de semelhantes leituras atualizadoras, corroboradas pelas apreciações que ao longo dos anos o luminoso "mágico de Lübeck" nos foi oferecendo da novela publicada em 1930, seria legítimo concluir este posfácio afirmando que a presente edição coloca nas mãos do leitor brasileiro — na excelente tradução de José Marcos Macedo — um texto de candente atualidade, que faz soar sua vigorosa advertência toda vez que se delineia a ameaça de um novo Cipolla.

---

* Num ensaio de 1980 ("Como escritor sempre também um contemporâneo"), Günter Grass refere-se ao ódio que ferveu em certa parte da crítica e da opinião pública alemã quando Thomas Mann voltou ao seu país natal (mas apenas "de visita") com o romance *Doutor Fausto* na bagagem "e leu os Levíticos aos alemães".
** Anatol Rosenfeld, op. cit., p. 176.

CRONOLOGIA

6 DE JUNHO DE 1875
Paul Thomas Mann, segundo filho
de Thomas Johann Heinrich Mann
e sua esposa, Julia, em solteira
Da Silva-Bruhns, nasce em
Lübeck. Os irmãos são: Luiz
Heinrich (1871), Julia (1877), Carla
(1881) e Viktor (1890)

1889
Entra no Gymnasium Katharineum

1893
Termina o ginásio e muda-se
para Munique.
Coordena o jornal escolar
Der Frühlingssturm [A tempestade
primaveril]

1894
Estágio na instituição Süddeutsche
Feuerversicherungsbank.
Caída, a primeira novela

1894-5
Aluno ouvinte na Technische
Hochschule de Munique. Frequenta
aulas de história da arte, história
da literatura e economia nacional

1895-8
Temporadas na Itália, em Roma
e Palestrina, com Heinrich Mann

1897
Começa a escrever *Os Buddenbrook*

1898
Primeiro volume de novelas,
O pequeno sr. Friedemann

1898-9
Redator na revista satírica
Simplicissimus

1901
Publica *Os Buddenbrook: Decadência
de uma família* em dois volumes

1903
Tristão, segunda coletânea de
novelas, entre as quais *Tonio Kröger*

3 DE OUTUBRO DE 1904
Noivado com Katia Pringsheim,
nascida em 24 de julho de 1883

11 DE FEVEREIRO DE 1905
Casamento em Munique

9 DE NOVEMBRO DE 1905
Nasce a filha Erika Julia Hedwig

1906
Fiorenza, peça em três atos
Bilse und ich [Bilse e eu]

18 DE NOVEMBRO DE 1906
Nasce o filho Klaus Heinrich
Thomas

1907
Versuch über das Theater [Ensaio
sobre o teatro]

1909
Sua Alteza Real

27 DE MARÇO DE 1909
Nasce o filho Angelus Gottfried
Thomas (Golo)

7 DE JUNHO DE 1910
Nasce a filha Monika

1912
A morte em Veneza.
Começa a trabalhar em *A montanha
mágica*

JANEIRO DE 1914
Compra uma casa em Munique,
situada na Poschingerstrasse, 1

1915
Friedrich und die grosse Koalition
[Frederico e a grande coalizão]

1918
Betrachtungen eines Unpolitischen
[Considerações de um apolítico]

24 DE ABRIL DE 1918
Nasce a filha Elisabeth Veronika

1919
Um homem e seu cão: Um idílio

21 DE ABRIL DE 1919
Nasce o filho Michael Thomas

1922
Goethe e Tolstói e *Von deutscher
Republik* [Sobre a república alemã]

1924
A montanha mágica

1926
Desordem e precoce sofrimento.
Início da redação da tetralogia
José e seus irmãos.
Lübeck als geistige Lebensform
[Lübeck como modo de vida
espiritual]

10 DE DEZEMBRO DE 1929
Recebe o prêmio Nobel de literatura

1930
Mário e o mágico.
*Deutsche Ansprache: Ein Appell an die
Vernunft* [Elocução alemã: Um apelo
à razão]

1932
*Goethe como representante
da era burguesa.*
Discursos no primeiro centenário
da morte de Goethe

1933
*Sofrimento e grandeza de Richard
Wagner.*
José e seus irmãos: As histórias de Jacó

11 DE FEVEREIRO DE 1933
Parte para a Holanda. Início
do exílio

OUTONO DE 1933
Estabelece-se em Küsnacht,
no cantão suíço de Zurique

1934
José e seus irmãos: O jovem José

MAIO-JUNHO DE 1934
Primeira viagem aos Estados
Unidos

1936
Perde a cidadania alemã e torna-se
cidadão da antiga Tchecoslováquia.
José e seus irmãos: José no Egito

1938
Bruder Hitler [Irmão Hitler]

SETEMBRO DE 1938
Muda-se para os Estados Unidos.
Trabalha como professor de
humanidades na Universidade
de Princeton

1939
Carlota em Weimar

1940
As cabeças trocadas

ABRIL DE 1941
Passa a viver na Califórnia,
em Pacific Palisades

1942
*Deutsche Hörer! 25 Radiosendungen
nach Deutschland* [Ouvintes alemães!
25 transmissões radiofônicas para
a Alemanha]

1943
José e seus irmãos: José, o Provedor

23 DE JUNHO DE 1944
Torna-se cidadão americano

1945
Deutschland und die Deutschen
[Alemanha e os alemães].
*Deutsche Hörer! 55 Radiosendungen
nach Deutschland* [Ouvintes alemães!
55 transmissões radiofônicas para
a Alemanha].
Dostoiévski, com moderação

1947
Doutor Fausto

ABRIL-SETEMBRO DE 1947
Primeira viagem à Europa depois
da guerra

1949
A gênese do Doutor Fausto: *Romance
sobre um romance*

21 DE ABRIL DE 1949
Morte do irmão Viktor

MAIO-AGOSTO DE 1949
Segunda viagem à Europa e primeira
visita à Alemanha do pós-guerra.
Faz conferências em Frankfurt am
Main e em Weimar sobre os duzentos
anos do nascimento de Goethe

21 DE MAIO DE 1949
Suicídio do filho Klaus

1950
Meine Zeit [Meu tempo]

12 DE MARÇO DE 1950
Morte do irmão Heinrich

1951
O eleito

JUNHO DE 1952
Retorna à Europa

DEZEMBRO DE 1952
Muda-se definitivamente para a
Suíça e se instala em Erlenbach,
próximo a Zurique

1953
A enganada

1954
Confissões do impostor Felix Krull

ABRIL DE 1954
Passa a viver em Kilchberg, Suíça,
na Alte Landstraße, 39

1955
Versuch über Schiller [Ensaio sobre
Schiller]

8 e 14 DE MAIO DE 1955
Palestras sobre Schiller em Stuttgart
e em Weimar

12 DE AGOSTO DE 1955
Thomas Mann falece

SUGESTÕES DE LEITURA

GALVAN, Elisabeth. *Mario e il mago. Thomas Mann e Luchino Visconti raccontano L'Italia fascista / Thomas Mann und Luchino Visconti erzählen vom faschistischen Italien*. Roma: Casa di Goethe, 2015.

GEULEN, Eva. "Resistance and Representation. A Case Study of Thomas Mann's *Mario and the Magician*". *New German Critique*, n. 68, pp. 3-29, 1996.

HERGERSHAUSEN, Lore. "Au sujet de *Mario und der Zauberer* de Thomas Mann: Cesare Gabrielli — Prototype de Cipolla?". *Études Germaniques*, n. 23, pp. 268-75, 1968.

PILS, Holger; ULRICH, Christina (Orgs.). *Thomas Mann. Mario und der Zauberer*. Lübeck: Kunststiftung Hansestadt Lübeck, 2010.

PÖRNBACHER, Karl. *Thomas Mann. Mario und der Zauberer — Erläuterungen und Dokumente*. Stuttgart: Reclam, 1985.

ROSENFELD, Anatol. "Mário e o mágico". In: _____. *Thomas Mann*. São Paulo: Perspectiva, 1994, pp. 171-7.

VAGET, Hans Rudolf. *Thomas Mann. Kommentar: Späte Erzählungen (1919--1953)*. Frankfurt: S. Fischer, 2021, pp. 89-136.

ZELLER, Regine. "Gustave Le Bon, Sigmund Freud und Thomas Mann. Massenpsychologie in *Mario und der Zauberer*". *Jahrbuch zur Kultur und Literatur der Weimarer Republik*, n. 9, pp. 129-49, 2004.

Esta obra foi composta em Fournier
por Alexandre Pimenta e impressa
em ofsete pela Geográfica sobre
papel Pólen Bold da Suzano S.A.
para a Editora Schwarcz em
janeiro de 2023

A marca FSC® é a garantia de que a madeira utilizada na fabricação do papel deste livro provém de florestas que foram gerenciadas de maneira ambientalmente correta, socialmente justa e economicamente viável, além de outras fontes de origem controlada.